차례

도움닫기	09
테의 섬	36
적맥인들	53
사나운 바위	70
귀신 씐 더덕밭	88
도나의 주문	105
진멸인	121
황포한 본성	153
맹랑한 기세	168
오만과 비밀	185
간절한 약속	203
마지막 인사	220
작가의 말	237

도움닫기

숙련된 좀비몰이꾼도 평정심을 잃고 서두를 때가 있다. 한낮의 온기가 남아 있는 짭조름한 바다 내음에 취한 채 스케이트보드를 베개 삼아 깜빡 졸던 그날이 그랬다. 몽돌밭에 몸이 배기는 줄도 모르고 단잠을 자던 이기를 깨운 것은 축축하게 식어 버린 남실바람이었다. 이기는 눈을 뜨자마자 좀비 수부터 세어 보았다. 그러자 금빛 노을을 뒤집어쓴 좀비들이 일을 더 수월하게 해 주겠다는 듯이 느릿느릿 이기의 주변으로 몰려들었다. 어디 보자. 둘, 넷, 여섯, 여덟, 열…. 모두 합쳐 서른셋! 잠시 한눈판다고 어디로 도망갈 녀석들은 아니었다.

이기는 기지개를 켜며 그제야 사방을 훑었다. 해변의 반대쪽

야틈한 언덕을 뒤덮은 나무들이 바닷바람에 장단을 맞추고 있었다. 풍성한 초록빛이 우아하게 출렁이는 언덕의 사정과는 달리, 바다 쪽에선 심상치 않은 기세가 느껴졌다. 찰찰차르르르. 올망졸망 검은 몽돌들이 너울너울 힘이 실린 파도에 씻길 때마다 입을 맞추어 소리를 키웠다.

문득 섬 저편에서 좀비를 몰고 있을 도나 생각이 났다. 도나는 어디쯤이려나. 또 한눈팔고 있는 건 아니겠지? 도나는 이 일을 한 지 얼마 되지 않은 신출내기 좀비몰이꾼이었다. 그전까지 여자아이, 게다가 열다섯 살 먹은 좀비몰이꾼은 이기밖에 없었다. 알 게 뭐야, 알아서 잘하겠지. 이기는 자기 앞가림이나 잘하자고 생각했다. 이러다 비라도 내리면 좀비들 걸음이 더 느려질 테니 해가 지기 전에 항구에 도착하려면 서둘러야 했다. 그러게 보드 연습 좀 하라니까. 좀비들을 모는 데 보드만 한 게 없는데…. 이기는 이제 정말 도나 생각을 그만할 작정으로 머리를 힘차게 흔들었다. 그리고 좀비들을 향해 휘파람을 불고는 외쳤다.

"가자!"

좀비들이 곧바로 반응했다. 스케이트보드에 몸을 실은 이기가 좀비들 사이를 누비고 다녔다. 좀비들을 움직이려면 끊임없이 자극을 줘야 했다. 이기의 휘파람 소리를 따라 좀비들이 걸음을 옮기기 시작했다. 너절한 살갗이 벗겨져 검붉게 드러난 혈관이 꿈틀거렸다. 누더기를 걸친 부위를 제외하곤 온몸의 혈맥이 그대로 보였다.

이기는 검고 긴 머리카락을 휘날리며 보드 위에서 춤을 추듯 움직였다. 멀리서 보면 마치 춤으로 좀비들을 홀리고 있는 것처럼 보였다. 이기는 보드를 날렵하게 회전시키기도 하고, 경사로를 이용해 몸을 공중으로 붕 띄우기도 하면서 자유자재로 보드를 다루었다. 보기 좋게 그을린 갈색 피부와 탄탄한 몸은 이기의 동작을 더 돋보이게 해 주었다. 잠시 앞서 나가던 이기는 몸을 돌려 손가락을 입에 넣고 있는 힘껏 휘파람을 불었다. 좀비들의 걸음이 조금 더 빨라졌다.

이기는 소리와 몸짓으로 좀비들을 다루는 데 능숙했다. 처음엔 엄마를 보살필 돈을 벌기 위해 시작한 일이지만 지금은 그 누구보다 이 일을 즐기고 있었다. 심지어 가끔은 자신의 말을 잘 따르는 좀비들을 귀엽다고 느낄 때도 있다. 어쨌거나 비슷한 구석이 있잖아. 이기는 자신의 팔뚝을 내려다보며 생각했다. 어깨부터 손등까지 불거진 빨간 핏줄. 보드에 속력을 붙일수록 이기는 자신의 오른팔에도 좀비의 것과 똑같은 혈관이 돋아나 있음을 생생히 느꼈다.

텅 빈 해안 도로는 무섭도록 적막했다. 이기와 좀비들은 견고한 고요함에 흠집을 내며 앞으로 나아갔다. 이차선 도로 곳곳엔

폐차들이 아무렇게나 서 있었다. 그 사이에서 제자리걸음을 하거나 몸을 가누지 못하며 기우뚱거리는 좀비들을 인도하는 일도 이기의 몫이다. 다행히 아직은 좀비들이 잘 따라 주고 있었다. 다들 살이 터지거나 물러진 다리를 열심히 움직여서 앞으로 나아갔다. 바람이 더 세지긴 했지만 비만 내리지 않는다면 지금 속도를 유지할 수 있을 것 같았다. 어느덧 먹구름이 노을을 삼켰다. 멀리 항구의 불빛이 보랏빛 어둠 속에서 희뜩였다.

"다 왔어! 십 분만 더 가면 돼!"

이기의 외침 뒤로 좀비들의 목구멍에서 나는 가래 끓는 소리가 이어졌다. 저 소리는 정말 싫단 말이야. 이상할 만큼 유독 적응이 안 되는 소리였다. 어쩌면 내가 소리에 민감한 건지도 모르지. 도나가 떠들어 댈 때도 마찬가지니까. 이기는 오직 섬의 소리에만 끌렸다. 특히 바람과 파도가 섬에 밀려와 들려주는 소리가 좋았다.

그때 둔중한 바람이 파도의 잔여물과 함께 도로 위로 날아들었다. 몇몇 좀비가 휘청이며 그르렁그르렁 더욱 거친 숨소리를 냈다. 젖은 머리카락을 쓸어 올리는 이기의 눈이 빛났다. 다소 거칠어진 좀비들을 이끄는 건 쉽지 않은 일이었다. 막판 스퍼트를 올릴 때였다. 보드를 더 빨리 몰면서, 좀비들의 차갑고 축축한 몸을 건드렸다. 좀비들은 성질이 난 듯이 발끈하면서도 이내 걸음에 속도를 붙였다.

"이기!"

마침내 항구 근처에 다다르자 반대편에서 도나가 손을 흔들며 이기를 반겼다. 항구를 밝히는 유일한 가로등 불빛이 머리 위로 쏟아져 내려 도나의 피부가 핏기 없이 허옇게 보였다. 그렇지만 도나는 자신의 생명력을 과시라도 하는 듯이 활짝 웃으며 누구보다 기운차게 두 팔을 흔들어 댔다. 수분을 머금고 부풀어 오른 곱슬머리가 정신없이 바람에 나부꼈다. 가까이 다가갈수록 도나의 깡마른 오른팔에 솟아난 빨간 혈관이 더 도드라져 보였다.

"제법인데? 빨리 왔네."

이기는 도나의 등 뒤에 모여 있는 좀비 수를 눈으로 헤아리며 말했다. 도나는 양손을 허리에 얹고 이기를 향해 몸을 기울였다. 옆구리에는 둘둘 말아 고정한 채찍이 매달려 있었다. 좀비 몰이용 채찍이었지만 도나가 채찍을 휘두르는 건 한 번도 본 적이 없었다.

"오늘은 근처에서 농땡이 쳤거든. 우 씨 아저씨한텐 비밀이다."

그러면 그렇지. 이기가 퉁명스럽게 대꾸했다.

"내가 아저씨한테 그런 말을 왜 해? 쓸데없이."

"그냥, 그냥."

헤헤거리며 얼버무리는 도나의 주근깨 박힌 콧잔등에 때마침 툭 하고 빗방울이 떨어졌다. 빗방울은 봉긋이 튀어나온 광대뼈를 넘지 못하고 하릴없이 도나의 입꼬리를 향해 흘러내렸다.

"어? 비 온다."

이기의 얼굴에도 제법 굵은 빗방울이 떨어졌다.

"조금만 더 이따가 내리지."

이기는 한숨을 내쉬며 중얼거렸다. 빗줄기가 금세 사나워지면서 항구의 비린내가 스멀스멀 올라왔다.

"빨리 케이지로 가자."

"웅! 오늘 멀리 안 나가서 얼마나 다행이야, 그치? 내가 촉이 좀 좋은가?"

도나는 사뭇 진지한 이기의 말투를 듣고도 연실 새살댔다. 이기는 묵묵히 몸을 돌린 다음 좀비들을 잡아끌었다. 비를 맞은 좀비들의 몸은 이미 빨랫줄에 걸린 이불처럼 축 늘어져 있었다. 몸이 무거워진 탓에 좀처럼 움직일 기운이 없어 보였다. 항구 입구에서 케이지까지는 고작 이백 미터도 안 되는 거리였다. 조금만 더 힘을 내면 되었다.

"그냥 여기 두고 가면 안 돼? 어차피 움직일 생각도 없는 애들이잖아."

낑낑거리며 좀비 등을 떠밀던 도나가 투덜댔다. 저 앞에 철망

케이지가 뻔히 보이는데, 어림없는 소리다. 새벽녘 비가 그치고 나서 제멋대로 모험을 떠나는 좀비가 단 한 다리도 없으리란 보장이 어디 있는가. 그런 당돌한 녀석이 마을 사람들의 소중한 더덕밭이라도 휘젓고 다닌다면…. 생각만 해도 끔찍했다. 책임은 모두 좀비몰이꾼이 지게 될 터였다. 도나는 신입이어서 아무것도 모른다. 그렇게 되면 우 씨 아저씨한테 혼나는 정도로 끝나지 않는다.

그때 머리 위에서 빛이 번쩍하더니 일순간 항구 주변이 밝아졌다. 곧이어 꽈르릉 천둥소리가 나자 자극받은 좀비들이 움찔거렸다.

"밀어!"

이기가 소리쳤다.

"밀든지 끌든지, 빨리!"

도나는 엉겁결에 이기가 시키는 대로 움직였다. 더는 재잘거리지도 않았다. 온몸이 흠뻑 젖은 데다 눈앞은 번쩍거리고 귓전은 광광거리다 보니 나불거릴 여력이 없는 듯 보였다.

"지금! 밀어!"

천둥소리에 맞춰 이기가 다시 소리쳤다. 좀비들이 자극받을 때마다 최대한 많이 움직이게 만들 요량이었다. 이기의 작전은 먹혔다. 의외로 도나도 잘해 주었다. 낑낑대면서도 힘을 쥐어짜

서 좀비들을 곧잘 이동시켰다. 이제 코앞에 케이지가 보였다. 다 왔다, 다 왔어!

그런데 그때였다.

"어? 얘 왜 이래?"

당황한 도나의 목소리가 들렸다. 돌아보니 그럴 만했다. 갑자기 좀비 하나가 멋대로 방향을 튼 것이다. 도나가 아무리 팔을 잡아당겨도 좀비는 꿈쩍하지 않았다. 마치 어딘가를 뚫어져라 노려보고 있는 것 같았다. 빗줄기에 눈앞이 뿌옜지만 이기는 연신 눈을 비비며 좀비의 관심을 끈 것이 무엇인지 확인하려 애썼다. 그 순간 이기의 앞에 서 있던 좀비도 몸을 돌렸다. 이기가 어깨 힘으로 밀고 있던 녀석이었다. 녀석은 그르렁거리지도 않았다. 그저 가슴팍이 크게 부풀었다 가라앉기를 반복하고 있을 뿐이었지만 더는 늘어진 빨랫감 같지 않았고 외려 우뚝 선 바위처럼 느껴졌다. 이기는 녀석의 시선을 좇았다. 번쩍번쩍 줄번개가 치고 나서야 이기는 좀비들이 다 한곳을 쳐다보고 있다는 사실을 깨달았다. 좀비들 몸뚱이의 혈관이 마치 구렁이가 펄떡이듯 꿈틀대고 있다는 사실도.

힘이 빠진 도나가 터덜터덜 앞으로 걸어 나가며 말했다.

"뭐야? 얘네 지금 뭘 보고 있는 거야?"

하늘과 바다의 어둠이 짙게 깔린 항구 끝자락에 익숙한 배의 실루엣이 보였다. 우 씨 아저씨가 모는 십오 톤짜리 선박으로, 뭍으로 나갈 수 있는 유일한 이동 수단이었다. 섬사람들은 그 배를 '테의 배'라고 불렀다.

"어이, 다들 정신 차려! 너희 집은 저기라고."

좀비들이 뭘 보는지 당최 모르겠다는 듯 어깨를 으쓱하며 도나가 외쳤다. 그러자 마치 도나의 말을 알아들은 것처럼 좀비들이 일제히 으르렁댔다. 가래 끓는 소리와 쇳소리, 산짐승의 울음소리가 섞인 고약한 소리였다.

울부짖는 듯한 기괴한 소리는 점점 더 커졌다. 한 번도 들어본 적 없는 커다란 포효에 도나의 몸이 바람 빠진 공처럼 바짝 쪼그라들었다. 이기 역시 섬뜩한 기분이 들었다. 좀처럼 끝날 것 같지 않은 괴성이 항구를 집어삼켰다. 슬금슬금 도나가 걸음을 옮겨 이기의 곁으로 왔다. 이기는 스킨십을 좋아하지 않았지만 도나가 팔짱을 끼도록 내버려두었다. 이기의 팔에 감긴 도나의 팔이 덜덜 떨리고 있어서였다.

"걱정 마. 좀비들은 우리 공격 안 해."

"근데 왜 저래? 당장이라도 뭔가를 막 물어뜯을 것 같은데."

순간 맨 앞의 좀비 하나가 온몸에 심한 경련을 일으키더니 내장이 튀어나올 것처럼 괴음을 지르며 달려 나갔다. 눈 깜짝할 사이에 다른 좀비들도 모두 그 뒤를 따랐다. 이기는 반사적으로 스케이트보드 위에 한 발을 올렸다. 좀비몰이꾼의 본능이었다.

"어쩌려고?"

도나가 이기의 팔을 놔주지 않으면서 물었다.

"쫓아가야지. 다시 데려와서 케이지 안에 넣어야 해."

"아무래도 이상해. 저렇게 사납게 구는 건 처음 아니야?"

"그럼 넌 여기 있어. 내가 가 볼게."

이기는 한기와 공포로 차갑게 식은 도나의 손을 잡고 떼어 내며 말했다. 입술까지 파랗게 질린 걸 보니 체온이 많이 떨어진 모양이다. 하지만 도나는 고집을 부렸다.

"싫어. 나도 갈 거야."

"그럼 뒤에 타든지."

이기가 보드 앞쪽으로 왼발을 옮기며 말했다. 도나는 엉거주춤 오른발을 보드 뒤편으로 올리고 양손으로 이기의 허리를 잡았다. 보드가 앞으로 나아가자 도나의 손에도 힘이 잔뜩 들어갔다.

좀비들이 향하는 곳은 예상대로 테의 배 쪽이었다. 좀비들을 이렇게 흥분시킬 만한 게 뭐가 있을까. 섣부르게 억측하고 싶진 않았다. 하지만 보드가 빗길을 미끄러지듯 날아가는 동안 이기의 마음속엔 불길함과 의아함이 내내 공존했다. 이기가 듣기로, 좀비들을 움직이게 하는 욕망의 대상은 하나밖에 없었다. 하지만, 설마. 좀비들을 미쳐 날뛰게 하는 존재들은 이미 다 사라지고 없을 텐데?

항구 끝에 먼저 다다른 좀비들은 욱시글득시글 테의 배가 정박한 부두에 모여 기분 나쁜 소리를 냈다. 재빨리 갑판과 선실 쪽을 살펴보았지만 선박은 전부 소등한 상태라 내부 상황이 들여다보이지 않을뿐더러, 너울이 이는 탓에 배가 한시도 가만히 있지 않았다. 테의 배는 파도가 몸집을 키울 때마다 속절없이 높이 솟구쳐 올랐다. 쇠로 된 말뚝 모양의 밧줄 걸이만이 굵은 줄로 느슨하게 연결된 선체를 풍랑에 휩쓸리지 않도록 붙잡아 두고 있었다.

"근데 이게 무슨 냄새야?"

도나가 인상을 찌푸리며 물었다.

"좀비들한테서 나는 냄새 같아."

썩은 생선 냄새. 전에 없던 악취였다. 이렇게까지 냄새가 심한 적은 없었는데. 그때 좀비 하나가 또 온몸의 관절을 꺾듯이 떨었다. 뭐 하려고. 설마 배에 올라타려고? 이기의 예상이 맞았다. 녀석은 괴이한 비명과 함께 테의 배를 향해 몸을 날렸다. 괜찮은 점프였다. 하지만 만만치 않은 파도에 선체가 기우뚱하는 바람에 그대로 바닷속으로 고꾸라지고 말았다.

"내가 지금 뭘 본 거야?"

혼잣말처럼 도나가 중얼거렸다.

"저거 내 좀비라고. 내 담당…."

좀비몰이꾼은 절대로 자신이 맡은 좀비를 잃으면 안 된다. 만약 잃게 되면… 도나가 떨리는 목소리로 이어 물었다.

"쟤네 수영 못하잖아, 그치?"

또 하나 마나 한 소리. 설령 수영할 줄 안다고 해도 오늘 같은 파도에 무사할 리가 없다. 방법은 하나뿐, 한시라도 빨리 손을 써서 더는 좀비들이 몸을 던지지 못하도록 막아야 했다.

"채찍, 쓸 줄은 아는 거지?"

"당연하지! 얼마나 연습했는데. 좀비들 상대로 써 본 적이 없어서 그렇지."

"오늘 쓰게 되겠네."

"뭐?"

좀비 무리에 가까이 다가가자 괴성 때문에 귀가 멍멍했다. 이기는 입속으로 들어온 빗물이 곧장 입 밖으로 다시 튈 정도로 크게 소리쳤다.

"뭐든 해 봐! 좀비들 못 움직이게!"

그때 또 다른 좀비 하나가 배를 향해 몸을 날렸다.

"안 돼!"

휘릭, 공중에 뜬 좀비의 몸을 칭칭 휘감은 것은 바로 도나의 채찍이었다. 뭐야, 잘하잖아. 이기는 바닥으로 내팽개쳐지는 좀비를 쳐다보면서 자못 놀랐다.

"저기! 컨테이너박스로!"

이기는 항구 동쪽을 가리키고 나서 바로 체구가 작은 좀비 하나를 골라 팔을 뒤로 꺾고 보드 위에 무릎을 꿇렸다. 붉은 혈관이 꿈틀대는 존재들은 피차 힘이 비슷하다는 건 익히 들어 알고 있었다. 즉 이기와 좀비의 힘 차이는 크지 않을 터였다. 물론 제대로 겨뤄 본 적이 없으니 조심할 필요는 있었지만… 뜻밖에도 첫 상대가 쉬이 제압당하자 자신감이 샘솟았다. 더 큰 좀비도 거뜬히 상대할 수 있을 것 같았다.

그런데 보드에 좀비를 싣고 컨테이너박스 앞에 도착해 보니 아뿔싸, 박스가 자물쇠로 잠겨 있었다. 그럼 일단 다른 것, 좀비를 묶어 둘 만한 걸 찾아야 해. 쓸 만한 게 없는지 급히 주변을 둘러보았다. 부두 구석에는 온갖 잡동사니들이 억수비 속에 널려 있었다. 그때 하늘에서 뚝 하고 좀비가 떨어졌다. 도나가 제 일을 잘하고 있다는 뜻이었다. 이기는 급한 대로 이리저리 꼬인 채 나뒹구는 그물을 집어 들었다. 뒤엉킨 그물로 즘비를 제대로 붙잡아 두긴 힘들었지만 적어도 두 발은 꽁꽁 감아 놓을 수 있었다.

"이기! 벌써 넷이나 빠졌어!"

저쪽에서 도나가 소리쳤다. 채찍의 가죽끈에는 이미 좀비 셋이 한꺼번에 감긴 채로 버둥거리고 있었고, 도나는 막 다섯 번째 점프 시도가 일어날 것 같은 상황을 어쩔 도리 없이 눈으로만 좇고 있었다. 이기는 좀비 둘의 발목을 묶어 놓고 다시 보드에 올라타 항구 어귀로 향했다.

"어디 가! 안 도와주고!"

뒤통수에 다급한 도나의 목소리가 꽂혔다. 이기가 노리는 것은 아까 눈으로 찜해 둔 정박용 밧줄이었다. 속력이 줄지 않은 보드 위에서도 이기는 능숙하게 한쪽 무릎을 꿇고 바닥에 놓인 밧줄을 낚아챘다. 필요한 도구를 챙겨서 돌아가자, 도나가 절망적인 외침이 들렸다.

"또 빠졌어! 이제 다섯!"

도나가 채찍을 들어 좀비 셋을 한꺼번에 내동댕이치더니 이어 외쳤다.

"전부 다 내 좀비들이라고! 내 좀비들만 빠졌어!"

도나… 힘 엄청 세네. 이기는 도나가 오늘 자신을 얼마나 더 놀라게 할지 궁금해졌다. 도나는 혼자 씩씩거리더니 뒤늦게 얼떨떨한 표정을 지어 보였다. 분한 마음에 자기도 몰랐던 힘이 솟구친 것 같았다.

이기는 밧줄 걸이에 건 밧줄을 한 손에 쥐고 큰 원을 그리며 돌았다. 보드를 내달려 쾌속으로 돌고 돈 이기는 밧줄 끝을 단단히 움켜쥐었다. 원 안에 갇힌 좀비들은 뒤늦게야 상황을 파악한 듯 악을 쓰며 몸부림쳤지만 소용없었다. 좀비들은 빠져나올 틈도 없이 빽빽이 묶여 있었다.

"이러다 큰일 나, 다들. 그러니까 그만해. 응?"

좀비들을 옴짝달싹 못 하게 만든 후에야 이기는 한숨을 돌리며 달래듯 말했다. 알아들으리라고 기대한 건 아니었다. 하지만 알아들으면 좋겠다고 바랐다. 이기는 줄곧 그런 마음을 품고 있었다. 처음 좀비몰이꾼이 됐을 때부터.

그때 저 멀리 벼락이 바다를 반으로 쪼갤 듯한 위력으로 수평선에 내리꽂혔다. 잇따라 사방이 번쩍였다. 줄번개 덕분에 테의 배가 마치 불을 밝힌 듯이 환해졌다. 말도 안 돼. 이기가 중얼거렸다. 찰나의 순간 이기의 눈에 가장 먼저 들어온 건 마침내 성공의 문턱을 밟고서 기를 쓰고 그 문지방을 넘으려는 듯한 좀비의 절박한 몸짓이었다. 점프에 성공한 녀석은 당장 추락해도 이상하지 않을 정도로 아슬아슬하게 뱃머리에 매달려 있었다. 하지만 그보다 더 강렬히 이기의 시선을 사로잡은 건….

선실 창문으로 보이는 누군가의 얼굴이었다.

"이기… 봤어?"

도나가 입을 쩍 벌린 채로 물었다. 뱃머리에 매달린 좀비를 봤냐는 건지 그 배에 실린 사람을 봤냐는 건지 가늠이 안 되었지만 이기는 잠자코 고개를 끄덕였다.

"완전 꼬마잖아, 그치? 너도 봤지?"

번갯불에 비친 청백색의 작은 얼굴. 어림잡아 일고여덟 살쯤 되어 보이는 어린아이였다.

"좀비들을 혜까닥 돌게 만든 게 쟤야? 그게 가능해?"

"내가 어떻게 알아."

"아니, 진짜로 물어보는 게 아니라, 만약에 저 애가…."

이기는 밧줄 끝을 감아 매듭을 지으며 말을 이었다.

"그게 우리랑 무슨 상관이야? 우린 좀비몰이꾼이야. 저기 배에 매달린 녀석을 어떻게 다시 데려올지만 생각하면 돼."

이기의 머릿속은 이미 빠르게 돌아가고 있었다. 녀석이 무사히 갑판에 오른다면 새벽녘까지 기다렸다가 날이 잠잠해진 후에 끌고 오는 편이 나을 수도 있었다. 하지만 녀석이 바다로 떨어지기 전에 자신이 먼저 움직여서 구해 내는 것도 아예 불가능해 보이진 않았다.

"놈이 올랐어! 갑판에 올랐어!"

도나의 말대로였다. 녀석이 해냈다. 간신히 갑판에 올라 손가락 마디 하나하나까지 공들여 푸는 듯이 전신을 떨어 대던 녀석은 천천히 걸음을 선실 쪽으로 옮겼다. 선상으로 파도가 들이닥쳐도 흔들림 없이 나아갔다. 마치 먹잇감을 코앞에 둔 짐승처럼, 흥분감과 경계심이 뒤섞인 몸놀림이었다.

"구해 줘야 해."

도나가 말했다.

"우리가 구해 줘야 한다고."

"누굴 말이야?"

"누구라니, 당연히 저 배에 탄 애지. 좀비들이 진짜로 저 애 때문에 날뛰는 거라면, 그게 어떻게 가능한 건진 잘 모르겠지만, 아, 몰라. 지금 그게 중요해? 무슨 일이 일어날지 뻔한데, 그냥 보고만 있을 거야?"

이기는 가만히 선실 창문 쪽을 살펴보았다. 어디 구석으로 숨은 건지 아이의 얼굴은 보이지 않았다.

"나랑 상관없는 일이야. 난 쟤가 누군지도 몰라."

"모르기는 나도 마찬가지거든?"

"근데 왜 그래?"

이기가 짜증을 내며 발끈했다. 도나는 숨을 들이마시며 전에 없이 차분한 표정으로 말했다.

"구할 수 있으니까."

"뭐?"

"구할 수 있다고, 우리가!"

"어떻게?"

이기는 질문을 내뱉곤 아차 싶으면서도 주워 담지 못했다. 자신에게 중요한 건 '왜' 도와야 하느냐일 뿐, '어떻게' 도와야 하느냐가 아니었다. 도나가 희미한 미소를 지으며 말했다.

"이기, 너. 이미 다 생각해 놓고 있잖아? 저 잘난 좀비 녀석을 어떻게 데려올지. 넌 훌륭한 좀비몰이꾼이니까. 저놈은 네 담당이고."

이기의 속내를 꿰뚫어 보는 듯한 눈빛을 하고서 도나가 덧붙였다.

"그럼 그 방법으로 저 애도 데려올 수 있겠지."

이기가 뭐라 대꾸하려는 순간 강풍이 몰려와 항구를 한바탕 헤집어 놓았다. 밧줄에 묶인 좀비들이 아우성치며 소란을 떨었다. 테의 배에 몸을 실은 녀석도 타격을 좀 받은 모양이었다. 파도의 힘을 이기지 못한 배의 꽁지부리가 높게 들려 올라가는 바람에 녀석은 다시 뱃머리 쪽으로 처박혀 버렸다. 물에 잠겼던 뱃머리가 다시 모습을 드러낼 때까지 이기는 숨을 죽이고 기다렸다. 자신의 '잘난 좀비 녀석'이 무사하길 빌었다.

"무슨 훈련이라도 시킨 거야? 대단한데?"

녀석은 이기를 실망시키지 않았다. 어둠 속에서 위풍당당하게 몸을 일으킨 실루엣은 분명 그 녀석의 것이었다. 그런데 이번엔 독기를 단단히 품었는지 녀석이 쏜살같이 몸을 움직였다. 순식간에 좀비의 몸뚱이가 선실 문에 달라붙었다! 녀석은 머리통을 휘둘러 창문의 유리를 깨고 그 안으로 팔을 욱여넣으려 했다.

다급한 목소리로 도나가 말했다.

"이기, 내가 이런 말까지는 안 하려고 했지만…."

"그럼 하지 마."

"아줌마가 실망하실 거야! 우리가 저 애를 구해 주지 않으면 말이야."

도나가 말하는 아줌마는 이기의 엄마였다. 자기 몸이 아파도 늘 다른 사람을 돕는 일에 앞장서는 엄마. 한숨이 절로 나왔다. 이 일에 끼어들면 분명 귀찮은 일들이 생길 거야. 만약 나한테 무슨 일이 생기면 엄마는 어떡해? 하지만 내가 오늘 저 애를 모른 척하고 돌아섰다는 걸 엄마가 알게 되면….

이기가 보드를 정비하며 말했다.

"내가 저 뒤에서부터 속력을 붙여서 여기까지 오면, 그때 네 채찍으로 내 몸을 감아올려. 최대한 높이."

"역시, 생각이 있을 줄 알았어."

도나가 채찍을 쓰다듬으며 눈을 빛냈다.

"엄마 얘기 꺼낸 건 정말 반칙이다."

"그러게, 그치만 반칙으로 누군갈 도울 수 있다니. 웃기지?"

이기는 도나의 얄미운 미소를 흘겨보고는 뒤편으로 향했다. 컨테이너박스 앞에는 아까 발이 묶인 좀비 둘이 여전히 바닥에서 버둥거리고 있었다. 내가 오늘 너희를 살린 거야. 나 아니었으면 바다에 빠져 죽었을 거라고! 비록 이미 다섯이나 잃긴 했지만, 여섯을 잃고 싶진 않았다. 보드를 저만치 앞에 두고 뒷걸음질해 온 이기는 신중히 목과 팔다리를 움직여 풀고 자세를 가다듬었다. 마침 등 뒤에서 바람이 불어왔다. 지금이야, 간다!

전속력으로 달려 보드 위에 안착한 이기를 싣고 보드 바퀴가 빠르게 구르며 힘을 모았다. 보이지 않는 벽이라도 뚫을 것 같은 기세였다.

"감아!"

이기의 외침에 기다렸다는 듯이 도나가 채찍을 휘둘렀다. 거친 가죽끈이 이기의 허리를 휘감았다. 보드의 끝을 잡고 채찍이 이끄는 방향에 몸을 맡기자 이기의 몸이 보드와 함께 공중으로 솟구쳤다. 이기는 바로 몸을 비틀어 가죽끈을 풀어내면서 착지점을 정확히 눈에 담아 두고는, 바람을 느끼며 공중제비를 넘었다. 하나, 둘, 셋…. 바람이 힘을 더해 준 속력으로 비와 파도를 뚫고 몇 바퀴를 돌았다. 이제 제대로 착지하기만 하면 되었다.

하지만 배가 휘청거리면서 목표 지점이 움직였다. 이기는 비에 젖은 솜털까지 바짝 곤두서는 듯한 스릴을 느꼈다. 수 초 내에 머릿속 계산이 빠르게 돌아갔다. 이제 목표 지점은 그나마 가능성이 있는 배의 난간으로 바뀌었다. 보드가 하늘로 솟구친 뱃머리를 향했다. 아슬아슬하게 보드의 앞뒤 바퀴가 하나씩 난간에 닿는 순간, 날래게 몸을 비스듬히 하며 균형을 잡은 이기는 미끄러지듯 난간을 타고 내려가다가 애초의 목적지인 갑판에 착지했다.

막상 갑판에 발을 딛고 나니 보드 위에서보다 훨씬 중심 잡기가 어려웠다. 파도가 마치 하늘 꼭대기에서 떨어지는 것처럼 머리 위로 쏟아져 내렸다. 이기는 선체가 기울어진 틈을 타 선실 쪽으로 주욱 미끄러져 내려가면서 주변을 살폈다. 배에 실린 그물들이 제법 쓸모가 있을지도 몰랐다.

"어이."

녀석은 선실 문에 매달려 발악하고 있었다. 안으로 들어가고는 싶은데 배가 워낙 흔들리는 탓에 제 몸뚱이부터 가눠야 하니 성질이 잔뜩 날 법도 했다. 파도가 이렇게 심하지 않았다면 진즉 문짝을 뜯어냈을지도 모르는 일이었다.

"어이, 이제 그만 포기해."

이기의 말이 귀에 들어올 리 없었다. 녀석은 왼손으로 선실 창문턱을 잡고 머리통과 오른팔을 안으로 밀어 넣으며 괴성을 질러 댔다. 녀석이 소리를 지를 때마다 온몸에 불거진 검붉은 혈관이 뱀처럼 꿈틀거렸다. 고약한 냄새까지 덤으로 풍겨 왔다.

이기는 들은 척도 하지 않는 녀석을 잠시 내버려두고 갑판 구석으로 향했다. 아까 눈여겨본 그물이 반쯤 물에 잠긴 채 바닥에 놓여 있었다. 이거면 되겠어. 이걸로 묶어서 선실에 가둬 두면 되겠지. 날이 개자마자 데리러 오면 돼. 녀석을 묶어 놓고, 아이를 나오게 하고, 녀석을 선실에 가둔 다음, 아이를 데리고 나간다. 그게 이기의 계획이었다.

"할 만큼 했잖아. 이제 힘 빠질 때도 됐는데."

끌고 온 그물을 내려놓고 녀석의 왼팔을 잡아당기며 말했다. 일단 문에서 떼어 놓으려는 생각이었다. 그런데 그 순간 녀석이 아주 신경질적으로 반응했다. 갑자기 몸을 돌리더니 이기를 공격한 것이다!

돌이꾼을 공격하다니 생각지도 못한 일이었다. 좀비의 왼손이 이기의 목을 훔켜쥐었다. 이기는 뒤로 밀려나 선실 외벽에 등을 부딪혔다. 놀란 나머지 옆구리에 끼고 있던 스케이트보드도 놓쳐 버렸다. 좀비가 그대로 왼팔을 들어 올리자 이기의 발꿈치가 점점 땅에서 멀어졌다.

기습에 놀라긴 했지만 그대로 당할 수는 없었다. 좀비몰이꾼 체면이 말이 아니었다. 두 발이 완전히 땅에서 떨어지기 전에 재빨리 바닥을 박차고 몸을 뒤집어 좀비의 몸을 타고 올라갔다. 이기의 양손에 잡힌 좀비의 왼팔이 그대로 꺾이며 힘이 풀렸다. 좀비는 축 처진 왼팔을 덜렁거리며 그악스럽게 비명을 질러 댔다.

"괜찮아? 그러게 왜 안 하던 짓을 해."

좀비의 어깨에서 내려선 이기는 아픈 목을 문지르며 좀비의 상태를 살폈다. 그때 선실 창문으로 작고 하얀 얼굴이 빼꼼히 모습을 드러냈다. 아이는 잔뜩 겁먹은 표정이었지만 바깥 상황이 어떤지 궁금해서 용기를 낸 듯 보였다. 순간 좀비가 비명을 뚝 멈추고 몸을 떨었다. 아이의 움직임이 좀비를 자극했으리라. 녀석이 몸을 돌려 선실 문짝까지 도달하는 데는 단 몇 초의 시간도 걸리지 않았다. 좀비는 아귀(餓鬼)처럼 달려들어 문짝에 들러붙었다. 오른팔로만 힘을 쓰는데도 금세 덜컹덜컹 문짝의 틈이 벌어졌다. 전에 없던 괴력이 솟아난 것 같았다.

상황을 헤아릴 겨를도 없이 이기는 냅다 몸을 던져 좀비의 허리에 다시 매달렸다. 강풍에 배가 휘청였지만 좀비도, 이기도 각자 잡은 것을 놓지 않으려 필사적이었다. 이대로는 안 돼. 녀석만 문에서 떼어 내는 건 불가능해. 이기는 다급히 머리를 굴렸다. 내가 녀석에게 힘을 실어 주는 꼴이잖아, 어떻게 하지? 그때 기우뚱거리던 뱃머리가 하늘 높이 솟구쳤다. 이기는 그만 중심을 잃고 미끄러지면서 좀비의 정강이를 움켜쥐었다. 그 충격에 좀비의 몸이 덩달아 내려앉으며 쩔컹, 문짝이 뜯겼다. 더는 잡을 곳이 없는 좀비의 몸뚱이가 꽁지부리 구석으로 질질 끌려 내려왔다. 이기는 갑판에 몸이 쏠리면서도 악을 쓰며 좀비의 다리를 붙들고 있었다. 하지만 난간에 몸을 부닥치자 그 충격으로 손에 힘이 풀려 버리고 말았다.

바다는 한시도 이들을 가만 놔두지 않았다. 변덕스러운 파도가 이번에는 배의 후미를 들어 올리기 시작했다. 물을 먹고 캑캑거리느라 정신없는 이기와 달리, 성질 급한 좀비는 그르렁거리며 벌써 갑판을 기어오르고 있었다. 저 위로 횅하니 문짝이 떨어져 나간 선실이 보였다. 그리고 아이의 모습도 보였다. 아이는 선실 벽에 기대어 배의 후미를 내려다보고 있었다. 이기는 황급히 몸을 던져 갑판을 기어오르는 좀비의 허벅지를 꽉 붙들었다. 좀비와 이기의 몸이 다시 미끄러져 내려갔다. 이 녀석, 하나도 안 지쳐 보이잖아, 언제까지 이런 식으로 막을 수 있지?

침착하자, 침착해. 잠시, 배가 수평을 맞출 때까지 숨을 골랐다. 배꼬리가 올라갈수록 좀비의 버둥거리는 힘이 더 세지는 게 느껴졌다. 그때, 물이 빠져나간 난간 틈에 잡동사니들과 엉켜 있는 스케이트보드가 보였다. 아직 기회는 있었다.

"거기 그물을 던져!"

이기가 아이를 향해 소리쳤다. 아이는 가녀린 어깨를 움찔하더니 조심조심 그물이 있는 곳으로 발을 옮겼다. 아아, 안 되겠네. 그물 앞에 선 아이를 본 순간 직감했다. 그물을 던지긴커녕 제대로 들어 올리는 것도 버거워 보였다. 배의 수평이 이미 거의 맞은 터라 그물이 저절로 밀려 내려올 것을 기대하기도 어려웠다.

그때 좀비의 거센 발길질이 이기의 얼굴을 가격했다. 이기의 몸이 곧바로 뒤로 나자빠졌다. 광대뼈가 으스러진 것처럼 아팠다. 배의 각도가 다시 급격히 기울면서 배의 후미가 솟구쳤다. 파도가 폭발하듯 용솟음치자 좀비의 몸이 진동했다. 더는 아무 생각도 들지 않았다. 도나, 날 또 한 번 놀라게 해 줘. 간신히 보드를 들고 배꼬리 난간에 올라탄 이기는 애타게 항구 쪽을 바라보았다. 그 순간만큼은, 이기가 의지할 수 있는 것이라곤 저편에 외따로 서 있는 도나의 실루엣밖에 없었다.

관절 마디마디를 꺾어 대던 좀비가 뱃머리를 향해 돌진해 내려갔다. 예상대로 녀석이 노리는 것은 온몸이 쫄딱 젖은 채로 난간에 기대어 있는 작은 생명체였다. 길 잃은 아기 고양이 같네. 보드 위에 올라타 무릎을 구부리고 몸을 낮추며, 이기는 어릴 적 돌봐 주었던 아기 고양이를 떠올렸다. 눈곱도 떼지 못한 채로 어미에게 버림받은 고양이였다. 내가 진짜, 이게 뭐 하는 짓이지. 이기는 크게 한숨을 내쉬고는 박차를 가했다. 보드 바퀴가 난간의 경사를 타고 내려가며 맹렬히 굴렀다. 그 고양이, 결국 죽었잖아. 얼마 버티지도 못하고. 저만치 아이의 뒤편으로 파도가 둥글게 몸집을 키우고 있었다. 아이의 운명은 둘 중 하나였다. 좀비에게 잡아먹히거나, 아니면 파도에 잡아먹히거나.

　마지막 스퍼트를 올리며 점프할 때를 기다렸다. 내리닫던 좀비의 몸뚱이가 와락 아이를 향해 달려들었다. 어디, 또 다른 운명이 있는지 보자. 보드가 칼을 갈듯 예리하게 뱃머리 난간을 쓸고 지나갔다. 이기는 날쌔게 아이의 허리를 낚아챘다. 휘청이던 아이의 몸이 공중에 떠올랐다. 순식간에 먹잇감을 빼앗긴 좀비는 균형을 잃고 앞으로 고꾸라졌다. 절묘한 순간에 도나가 부두에서 채찍을 휘둘렀다. 이기는 아이를 가슴에 품으며 가죽끈에 몸을 맡겼다. 보드가 공중에서 빙글빙글 돌았다. 몸이 돌 때마다 눈으로 좀비의 흔적을 쫓았지만 검고 깊은 바닷속으로 내리박힌 좀비의 몸뚱이는 다시 떠오르지 않았다.

　부둣가에선 몸이 묶인 좀비들이 고개를 쳐들고 아우성치고 있었다. 품에 안은 작디작은 아이의 몸이 달달 떨렸다. 좀 더 멀리, 좀비 무리에서 최대한 떨어진 곳으로 착지점을 정해 놓고 몸을 돌려 가죽끈을 끌러 냈다. 가죽끈이 할퀴고 간 자리에 쓰린 비바람이 스쳤다. 저 아래서 도나의 환호 소리가 들려왔지만 부두의 풍경은 한없이 위태롭게만 느껴졌다. 보드가 지면에 닿자 조막만 한 아이의 손이 이기의 허리를 꽉 안았다. 이기는 이 연약한 생명체에게 방금 자신이 한 치 앞도 모르는 새로운 운명을 만들어 주었음을 직감했다.

하지만 그로 인해 자신의 운명이 바뀐 줄은 전혀 알지 못했다.

테의 섬

섬은 테의 것이다. 바람과 파도가 몽돌 사이를 구르는 눈부신 해변도, 젖은 숲 내음이 가득한 신성한 언덕도, 섬이 기꺼이 내어 준 것들을 먹고 마시며 살아가는 섬 안의 생명체들도 모두 테의 것이다. 그 사실을 뼛속 깊이 인지하지 못하는 사람은 섬에서 목숨을 부지할 수 없다. 모든 존재가 자신 앞에서 납작 엎드리기를, 테가 원하므로.

"저기 온다."

도나가 저 멀리 시선을 두며 웅얼거렸다. 이기와 도나는 해가 뜨자마자 부둣가로 나와 전날 밤 벌여 놓은 난장판을 부지런히 수습하는 중이었다. 바다는 언제 그랬냐는 듯 잠잠했다. 고요히 반짝이는 윤슬, 어쩌다 한 번씩 이는 보드랍고 하얀 거품. 지난밤 야속스럽게 몰아치던 파도는 다 어디로 갔는지. 원망스러운 마음도 들었지만 그것도 잠시뿐이었다. 어서 빨리 밤새 밧줄에 묶여 있던 좀비들을 케이지로 밀어 넣고 여기저기 나뒹구는 선박의 파편과 그물 따위를 정리해 놓아야 했다.

"아, 뭐야. 오늘 좀 이른 거 아니야?"

축축한 널빤지 조각을 줍는 도나의 손이 빨라졌다. 반면에 이기는 그제야 허리를 펴고 한 발을 보드 위에 올려놓은 채 먼지바람이 이는 저편으로 시선을 옮겼다. 매일 정오쯤 테는 무리를 이끌고 섬을 한 바퀴 돈다. 아직 해가 머리꼭지 위에 걸리지 않은 시각이니 도나의 말대로 테의 시찰이 평소보다 이른 건 맞았다. 하지만 이제 와 바지런을 떨어 봤자 무슨 소용이랴 하는 생각이 들었다. 이기는 체념 반 걱정 반인 얼굴을 돌려 안쓰럽게 정박해 있는 반파 상태의 배를 쳐다보다가 문득 도나의 팔을 잡고 일렀다.

"정신 똑바로 차리고, 쓸데없는 말 하지 말고. 알았지?"

도나는 겁도 많으면서 좀처럼 말을 가려서 하질 않는다. 테와 테의 무리 앞에서 오늘은 또 무슨 말을 나불거릴지 모른다.

"내가 뭘."

"우 씨 아저씨가 한 말 기억하지? 충성심이 생기지 않는다면 전력으로 충성하는 척이라도 하라고. 그 어느 때보다 전력을 다해야 해, 도나."

흐응, 약하게 콧소리를 내며 팔을 빼는 도나를 보니 한숨이 절로 나왔다. 도나와 엄마는 우 씨 아저씨의 충고가 좀처럼 먹히지 않는 사람들이었다.

"그 애는 잘 숨어 있겠지?"

"미치지 않고서야 나돌아 다닐 생각은 안 하겠지. 엄마가 알아서 잘 돌보고 있을 거야. 그러니까 거기 걱정은 말고, 지금 닥친 상황에 집중…."

"알았어, 알았다고."

도나는 이기의 말을 끊고 손에 쥔 나뭇조각들을 구석으로 내던지며 입을 쭉 내밀었다. 이기는 혼잣속으로 만약 오늘 도나가 돌발 행동을 한다면 어떻게 대처해야 할지 고민했다. 하지만 당장 묘수를 떠올리기엔 주어진 시간이 너무 짧았다. 테가 모는 지프차가 어느새 지척에 이른 것이다.

검붉은 지프는 테의 상징과도 같았다. 섬에서 차를 몰 수 있는 사람은 테와 테의 무리뿐인 데다가 지붕을 뜯어내 프레임만 남긴 문짝 두 개짜리 지프를 몰 수 있는 사람은 오직 테밖에 없기에 섬의 어디서나 지프가 보이면 누구든 머리를 조아릴 준비를 해야 했다.

테는 반곱슬의 푸석한 머리카락을 휘날리며, 숱한 도끼질로도 쓰러뜨릴 수 없을 법한 오래된 나무통 같은 팔뚝을 차창 밖으로 내놓고 다른 한 손으로 운전하기를 즐겼다. 날이 아무리 더워도, 혹은 아무리 추워도 늘 똑같았다. 마치 섬이 제공하는 모든 것을, 아니 자신이 소유한 모든 것을 만끽하고 있는 듯한 질주는 별다른 일이 없는 한 멈춰 서는 경우가 드물었다. 하지만 오늘은 다를 터였다. 이기는 테의 지프가 항구를 그냥 지나칠 리 없다고 확신했다. 어젯밤 바로 여기서, 별다른 일이 일어나고 말았으니까.

이윽고 검은 선글라스를 쓴 테의 모습이 또렷이 보일 정도로 지프차가 항구 가까이 다다르자 무리를 한가득 실은 트럭도 그 뒤를 따라 들어섰다. 천천히, 지프차의 문이 열렸다. 긴장한 도나가 이기의 곁으로 바짝 다가섰다. 이기 역시 긴장하긴 마찬가지였다. 이기는 묵직한 워커를 신은 테의 발이 지면을 내리누르고, 흑곰처럼 우람한 몸집으로 자신에게 다가오는 장면을 보면서 숨소리조차 제대로 낼 수 없었다. 테는 지근거리에서 걸음을 멈추며 단단하게 부푼 배를 앞으로 내밀고 섰다. 테의 뱃속에 여섯 번째 아이가 자라고 있다는 사실을 모르는 사람은 없었다.

"여어, 이게 다 무슨 일? 뭔 난리?"

테의 뒤편, 부채꼴 모양으로 버티고 선 거구의 호위무사들 틈을 비집고 나와 이죽거린 이는 얀군이었다. 얀군은 테의 양자(養

子)이나 그렇다고 얀군의 위치가 테의 무리를 다 제치고 목소리를 높일 만한 정도라고 보긴 어려웠다. 테의 무리는 오랜 시간 테와 동고동락해 온 테의 혈육들이었기 때문이다. 테의 권력을 든든히 뒷받침해 주는 여덟 명의 남자 형제들…. 이인자의 자리를 여덟이 나눠 가졌으니 그것만으로도 부족하다 여길 텐데 얀군 따위에게 틈을 보일 리 없었다. 그렇지만 얀군도 결코 호락호락한 인물은 아니었다.

얀군은 바지 주머니에 두 손을 찔러 넣고 팔자걸음으로 헐렁거리며 말을 이었다. 허리춤엔 얀군이 잘 다루는 새총이 비스듬히 꽂혀 있었다.

"와우, 다 부서지고 난리가 났네. 배가 이 지경이 됐는데 우 씨는 어디 있어? 선장은 코빼기도 안 보이고 왜 너희가…."

"저거, 또 시작이네."

긴장한 와중에도 제 성질을 이기지 못한 도나가 나지막이 험한 말을 뇌까렸다. 도나와 얀군은 산자 할머니의 보살핌 아래 한 집에서 함께 자랐으나 지금은 원수도 그런 원수가 없을 만큼 서로를 적대시했다. 얀군은 도나가 늘 자신을 무시한다며 화를 냈고 도나는 테의 양자로 들어간 얀군을 결코 곱게 보지 않았다.

"쉿, 조용히 해."

이기가 복화술을 하듯 입술을 거의 움직이지 않고 말했다. 바

쁘게 부둣가를 훑는 얀군의 시선만큼이나 언제 열릴지 모르는 도나의 입도 불안하기 그지없었다.

"흐음… 뭔가 이상해. 수상한 냄새가 난단 말이야."

얀군은 도나를 노려보며 고개를 갸우뚱하고는 건들건들 제자리에서 한 바퀴 돌며 주변을 살폈다. 그러다 갑자기 케이지 방향에서 멈추어 서더니 이기와 도나를 향해 히쭉 웃어 보이며 말했다.

"오오, 뭐야…. 너희 표정을 보아하니 여긴데? 여기 뭐가 있나 본데?"

아뿔싸…. 얀군이 살핀 것은 주변 상황이 아니라 그런 얀군의 모습을 지켜보는 이기와 도나의 반응이었다. 이기와 도나의 초조한 표정이 몹시 우습다는 듯 얀군이 케이지를 가리키며 낄낄 소리 내어 웃자, 도나가 부들거리며 주먹을 꽉 쥐었다.

"아, 진짜…."

그 자식, 마치 산자 할머니가 없는 것처럼 굴었어. 할머니가 죽기 전부터 이미 할머니가 이 세상에서 사라져 버린 듯이 굴었다고. 이기는 산자 할머니를 묻고 나서 도나가 엉엉 울며 한 말을 떠올렸다. 산자 할머니가 몸이 아프기 시작하면서부터 밖으로 나돌기 시작한 얀군을 두고 한 말이었다. 예전엔 도나와 얀군도 서로를 곧잘 챙겨 주었다. 평소엔 여느 남매처럼 아웅다웅하다가

도, 결국엔 '으이구'하면서 상대를 지지해 주는 사이였는데. 하지만 이제 얀군을 쳐다보는 도나의 얼굴엔 얀군에 대한 배신감과 원당만이 어려 있을 뿐이다.

"뭘까, 뭘까. 좀비들한테 무슨 문제라도 생겼나?"

약이 오를 대로 오른 도나의 모습을 본 얀군은 더욱 신이 나서 밉살스럽게 입을 놀렸다. 이기는 한 손으로 가만히 도나의 작은 주먹을 감싸 쥐며 도나가 진정하길 바랐다. 하지만 떨리는 도나의 손을 다잡은 이기의 손바닥에서도 하릴없이 땀이 배어났다.

"어디 보자…. 여기 좀비가 몇이나 있었지? 하나, 둘, 셋…."

얀군이 검지손가락을 들어 케이지에 갇힌 좀비의 수를 세었다. 좀비들은 멍하니 철창에 기대어 있거나 힘없이 제자리걸음을 하거나 이따금 그르렁그르렁 낮고 가는 소리를 내었다. 기분 탓인지, 어젯밤 소동으로 평소보다 힘이 없어 보이는 듯했다.

"서른셋, 서른넷, 서른다섯, 서른여섯…."

이기 담당 서른셋에 도나 담당 열, 도합 마흔셋의 좀비 중 여섯을 잃었으니, 세어 보나 마나 서른일곱이었다.

"오케이, 다해서 서른일곱. 어디 보자. 너희 둘, 각자 얼마씩 맡고 있지?"

얀군의 질문에 대답하기를 주저하는 동안 이기의 머릿속에 온갖 생각이 빠르게 스쳤다. 거짓말을 해서라도 당장의 위기를 모면하는 편이 나을까? 원래 서른일곱이었다고 하면 당면한 상황은 어찌어찌 넘길 수 있을지도 모르지. 잠깐이라도 시간을 벌 수 있을 거야. 하지만 그다음은 어떡하지. 차라리 지금 솔직하게 고하고 용서를 구하는 게 나을까?

"네까짓 게 뭔데 그걸 따져? 우리는 오로지 테게 보고해. 오직 테만이 우리를…."

도나가 발끈하며 한 발을 앞으로 디딘 채 당장이라도 얀군에게 덤벼들 듯이 굴었다. 그 바람에 여태 도나의 손을 쥐고 있던 이기의 몸이 한쪽으로 휘청했다.

"네까짓…? 너, 너 내가 누군지 몰라? 넌 나를 아직도…."

얀군이 분한 표정으로 도나를 노려보았다. 도나가 여전히 자신을 무시하고 있다는 사실을 모를 리 없을 터였다.

"네가 누군지 모르는 사람이 어딨어? 배은망덕하고 의리도 없는 데다가 알랑방귀까지 잘 뀌는, 그 대단하신 얀군이잖아!"

도나가 약 올리듯 비웃자 울화가 치민 얀군이 케이지의 철창을 두 손으로 쥐고 마구 흔들어 대며 소리쳤다.

"아오, 진짜 저걸 확!"

그때였다.

지금까지의 상황을 관전하던 테가 묵직이 오른팔을 들어 올렸다. 테의 오른팔에는 보는 이를 압도할 만큼 굵게 똬리 튼 혈관이 터질 듯 세차게 뛰고 있었다. 꼭 어제 좀비들 혈관 같잖아. 아이를 보고 흥분한 좀비들의 온몸에서 구렁이처럼 꿈틀거리던 혈관. 이기는 테의 오른팔에서 좀처럼 눈을 떼지 못했다. 혈관뿐 아니라 혈관을 덮고 있는 질긴 가죽 같은 피부와 그 위의 무수한 흉터들 또한 눈길을 사로잡았다.

"아주 납작 기는구나. 바로 깨갱 하는 것 좀 봐."

도나가 속삭였다. 테의 움직임 하나에 바로 정자세를 취하곤 고개를 숙인 얀군을 보며 한 말이었다. 하지만 이기에게는 얀군을 비웃을 여유가 없었다. 제발 도나, 지금은 너도 입을 다물 때야. 도나 덕분에 아직 좀비를 잃은 사실을 들키지 않았지만 그렇다고 안심할 수는 없었다. 어차피 시간문제가 아닌가. 테가 성큼성큼 이기를 향해 다가왔다. 이기는 저도 모르게 고개를 들어 테를 올려다보았다. 테의 머리 위로 한낮의 햇빛이 쏟아져 내렸다. 진한 음영이 드리운 테의 얼굴에서 기괴한 분위기가 물씬 풍겼다. 이기는 보드를 세워 들고 자세를 바로 한 채 냉큼 눈을 내리깔았다.

"이름."

허스키하고 울림 있는 목소리. 익숙하지 않은, 묘한 억양. 가뭄에 마르고 갈라진 흙바닥 같은 입술이 천천히 움직여 소리를 내었다.

"이기… 이기예요."

테 앞에서 긴장하지 않고 말하기는 쉽지 않았다.

"이기…. 우 씨한테 몇 번 얘기를 듣긴 했지. 꽤 쓸 만하다고. 좀 더 지켜보다가 우리 애들도 좀 맡겨 볼까 했는데… 이런."

테는 선글라스를 벗고 부둣가의 처참한 풍경에 시선을 주며 차갑게 탄식했다.

"어머니…! 그 일은 제가 하고 있잖아요."

다급하면서도 조심스러운, 얀군의 목소리가 끼어들었다. 하지만 얀군의 읍소에도 테는 눈 하나 깜짝하지 않았다. 테가 얀군을 입양한 이유는 자신이 낳은 아이들을 돌보게 하기 위함이었다. 테가 낳은 다섯 좀비들. 간절히 적맥인 아이를 원했으나 줄줄이 좀비만을 낳았던 테는 여섯 번째 아이만큼은 적맥인이 분명하다고 확언하고 다녔다. 사람들은 쩔쩔매며 테의 말씀이 옳다고 맞장구쳤지만 그 말을 믿는 사람은 아무도 없었다. 적맥인과 적맥인 사이에서 적맥인이 태어날지 좀비가 태어날지 알 수 있는 방법은 어디에도 없었기 때문이다.

"시끄럽다."

테가 가볍게 얀군의 호소를 튕겨 내자 얀군은 바로 풀이 죽었다. 테의 양자가 된 후 한껏 거들먹거리고 다니는 얀군은 비웃음의 대상이었다. 말이 양자지, 실상은 실컷 부려 먹기 위해 곁에 둔 노예 아니냐는 게 대부분 사람들의 생각이었다. 하지만 이 섬에서 테를 위해 노역하지 않는 사람이 어디 있단 말인가. 얀군은 일찌감치 그 사실을 깨닫고 노예 중에서도 특별한 노예가 되기 위해 테의 요새로 들어간 사람이었다.

"아깝군."

테가 말했다. 배가 아깝다는 건지 이기의 쓸모가 아깝다는 건지 아리송한 말이었다. 하지만 그 말뜻은 어떠해도 좋았다. 이기의 가슴을 철렁하게 한 말은 테의 말 뒤로 이어진, 도나의 입에서 나온 말이었다.

"날씨가 요상한 걸 어쩌겠어요? 광풍에, 너울에 번개, 벼락까지…."

아아, 도나…. 도나는 말을 뱉어 놓고 나서야 아차 싶었는지 입술을 오그리며 눈동자를 굴렸다. 그렇지만 거기서 끝내면 도나가 아니지. 도나는 기어드는 목소리로도 할 말은 다 해야 직성이 풀리는 사람이었다.

"저희는 한낱 좀비몰이꾼일 뿐이잖아요. 테도 날씨만큼은 어찌하지 못하시는데…."

이기는 고개를 숙인 채 눈만 치뜨고 테의 얼굴을 살폈다. 서늘하도록 투명한 회색 눈동자. 칼자국처럼 패인 주름들. 돌로 만든 껍질 같은 피부 속에 감추어진 표정. 그 얼굴을 코앞에서 마주하니 오금이 저렸다. 자신 앞에 조아리지 않는 자는 봐줄 아량이 없는 얼굴이었다. 테는 결코 도나를 가만두지 않을 것이다.

이기의 예상은 적중했다. 테가 도나를 향해 팔을 뻗었다. 정확히는 도나의 목을 향해….

테의 팔이 눈앞을 스쳐 가는 찰나, 재고 따질 새도 없이 이기의 몸이 움직였다. 이기는 세로로 세운 보드 위에 손을 얹어 중심을 잡은 다음 재빨리 한쪽 무릎을 꿇었다.

"죄송합니다, 테."

내가 맞붙을 수 있는 상대가 아니야. 우 씨 아저씨 말이 맞아. 전력을 다해 충성하는 척해야 해.

"테의 배를 지키지 못했습니다. 변명의 여지가 없습니다."

테가 힐끗 이기를 내려다보며 물었다.

"저 배만 내 것인가?"

"아니요…. 항구도, 좀비도, 이 섬도 모두 테의 것입니다."

"하나가 빠졌구나."

딱딱한 목소리에 이어 테의 움직임이 이기를 향했다. 도나를 향하던 팔이 이제 이기 쪽으로 뻗어 온 것이다. 이기는 머리 위로 내려앉는 그림자를 느끼며 두 눈을 질끈 감았다. 테의 다섯 손가락이 작은 공을 움켜쥐듯 이기의 머리를 거머쥐었다.

"무엇이 빠졌을까?"

테의 손가락에 서서히 힘이 들어갔다. 이기는 떨지 않으려 애썼다. 떨려 죽을 것 같았지만 떨고 싶지 않았다. 충성하는 척은 해도 벌벌 떠는 꼴만큼은 보이고 싶지 않았다.

"빠진 게 아닙니다…. 너무나 당연하여 말씀드리지 않은 거죠."

'그래, 그게 뭐지?'

"저 자신, 좀비몰이꾼 이기입니다. 저는 테의 것이에요. 테는 저의 생사를 관장하시는 분입니다."

그제야 머리를 움켜쥔 아귀힘이 풀렸다. 테는 손가락을 펼쳐 이기의 정수리를 두어 번 툭툭 쳤다.

"제법 강단이 있는 놈이군."

테가 요것 봐라, 하는 뉘앙스를 담아 무리를 향해 몸을 돌리자, 여덟 형제가 일제히 피식거렸다.

"당장 머리통이 으스러질지도 모르는데, 오줌도 안 지리고."

그중 하나가 말했다. 대머리에, 팔뚝의 알통이 자기 머리통보다 큰 남자였다.

"난 또 얀군처럼 울며불며할 줄 알았는데 말이야."

트럭에 기대서 있던, 길쭉한 얼굴만큼이나 긴 코를 가진 남자의 말에 그 주위의 서너 명이 기분 나쁜 소리를 내며 웃었다. 케이지 앞에 외따로 서 있던 얀군의 얼굴이 벌게졌다. 뒤이어 모두

한마디씩 거드는 동안 얀군은 입을 꾹 다물고 공연히 이기만 노려보았다.

그때 테가 검지손가락으로 이기의 턱 밑을 받치고 힘을 주었다. 이기는 그 힘에 이끌려 자리에서 일어났다 이기가 무릎을 펴고 일어서자 테는 다시 검지로 이기의 턱끝을 눌러 고개를 숙이게 했다.

"데려가겠다."

테가 말했다. 곧 사방에 침묵이 깔렸다. 지금 무슨 소릴 들은 거지? 처음엔 숨이 턱 막히더니 이내 심장이 마구 요동쳤다. 날 끌고 가겠다고? 테의 요새로? 상상조차 해 본 적 없는 일이었다.

"말도 안 돼…."

도나가 옆에서 웅얼거렸다. 그래, 도나 네가 생각해도 정말 말도 안 되지. 짧은 순간 이기는 별생각이 다 들었다. 그냥 테가 도나 목을 움켜쥐도록 내버려두어야 했나. 쥐 죽은 듯 가만히 있었으면 이런 일은 일어나지 않았을지도 몰라. 역시 나서는 게 아니었어. 왜 남의 일에 나서서 이런 꼴을 당한담. 머릿속 생각이 마구잡이로 뒤엉켰다. 내가 테의 요새로 끌려가면, 엄마는 어쩌지? 몸도 성치 않은 엄마를 누가 돌보지? 게다가 그 아이… 엄마와 도나가 아이를 끝까지 잘 숨길 수 있을까? 아니, 아니지. 지금 아이를 걱정할 때야? 이게 다 그 아이 때문에 일어난 일인데….

"이건 말도 안 돼요! 갑자기 이러는 법이 어디 있어요?"

도나의 목소리가 다급해졌다. 하지만 테는 도나를 거들떠보지도 않았다. 마치 오늘 볼일은 다 끝났다는 듯, 여유롭게 몸을 돌렸다. 이 순간 테에게 도나는 날파리보다 못한 존재였다.

"차라리 저를 데려가세요! 저를…."

테가 지프차를 향해 걸어가는 동안 테의 무리가 하나둘 이기를 향해 다가왔다. 도나는 두 팔을 활짝 벌려 그들의 앞을 막아섰다. 여러 덩치들을 막아선 기개는 좋았으나 그게 다 무슨 소용이랴. 이기는 자신을 위해 겁 없이 나서 준 도나에게 뭉클함을 느끼면서도 한편으로는 도나가 화를 입을까 봐 걱정이 되었다.

"날 데려가라고! 날! 이놈들아…. 읍! 으읍!"

"아, 쫌! 분위기 파악 안 돼? 조용히 좀 있으라고."

뜻밖에도, 도나의 입을 막고 구석으로 끌고 간 사람은 얀군이었다. 얀군의 마음속 어딘가에 도나를 생각하는 마음이 남아 있던 걸까. 이기는 안도의 한숨을 쉬며, 얀군의 손아귀에서 벗어나려 발버둥 치는 도나에게서 시선을 거두었다. 지금은 내가 빨리 자리를 뜨는 게 낫겠어. 생각을 마친 이기는 길쭉이가 보드를 낚아채도 반항하지 않았다. 대머리가 냉큼 이기의 뒷덜미를 움켜잡고 끌고 갔다. 트럭 짐칸에 내던져진 이기는 졸지에 사냥감이 된 것 같은 느낌에 사로잡혔다. 어디 하나 묶인 데가 없는데도 꽁꽁

결박당한 듯한 기분이었다.

틱틱, 쿠아앙. 이윽고 테의 지프가 요란한 소리를 내며 출발하자, 이기를 실은 트럭도 지체 없이 그 뒤를 따랐다.

"이기! 이기!"

덜컹거리는 트럭의 움직임에 따라 오르락내리락하는 이기의 시야에 도나가 들어왔다. 도나의 뒤편으로, 아마도 도나에게 제대로 물린 듯 손을 흔들어 대며 아파하는 얀군의 모습도 보였다.

"이기!"

도나가 내달렸다. 마치 그렇게 하면 트럭을 따라잡을 수 있다고 믿는 듯이 달렸다. 팔을 뻗으면 이기의 손을 잡을 수 있다고 생각하는 듯이 한 팔을 내밀었다. 하지만 이기는 트럭에서 뛰어내릴 수도, 도나를 향해 손을 마주 뻗을 수도 없었다. 지금은 그럴 수 있는 때가 아니었다. 이기는 손을 뻗는 대신 두 손을 맞잡고 깍지를 꼈다. 엇갈린 열 손가락에 단단히 홈이 들어갔다. 도나에게 했던 말을 이제는 자신에게 되뇌었다. 정신 똑바로 차리자. 충성심이 생기지 않는다면 전력으로 충성하는 척이라도 해야 해. 비록 일이 이상한 방향으로 흘렀지만 그렇게 하는 것 말고는 다른 방도가 떠오르지 않았다.

"이기…!"

점점 도나의 모습이 작아져 갔다. 하지만 아무리 작아져도 도나가 여전히 달리고 있다는 걸 알 수 있었다. 숨이 턱끝까지 차올라도 도나는 달릴 것이다. 부질없는 뜀박질이라도 멈추지 않을 것이다. 언제고 그렇게 달려올 것이다. 그 모습을 바라보며 이기는 생각했다. 오늘 도나를 위해 나서길 잘했다고.

적어도 아직은 후회할 때가 아니었다.

적맥인들

철조망을 둘러친 높은 담벼락의 호위를 받으며 우뚝 서 있는 테의 요새는 아무나 함부로 드나들 수 있는 곳이 아니다. 오래전 본디 군부대였던 이곳은 테의 아버지의 아버지의 아버지의 아버지가 유혈년 하지 그믐초승의 혼란을 틈타 탈취한 이후 쭉 그들 일당의 소유지였다. 유혈년, 바이러스가 속수무책으로 퍼지고 좀비들이 미쳐 날뛰어 피가 낭자하던 그해 여름…. 잠깐 눈을 붙일 새도 없이 사람들이 죽어 나갔다고, 새벽녘 눅눅한 바람엔 늘 피 냄새가 묻어났다고, 사랑하는 이를 잃지 않은 사람을 찾아보기 힘들었다고. 그런 이야기들이 늘 섬 어딘가를 떠돌았기에, 섬 사람이라면 누구나 한 번쯤 그해에 관해 귀동냥하거나 말을 얹은 적이 있었다.

 그렇지만 말이다. 사람들을 죽인 건 좀비만이 아니었어. 이 세계를 진짜 박살 낸 존재는 바로 우리, 붉게 요동치는 혈맥을 감출 수 없는 적맥인(赤脈人)들이지. 언젠가 저 멀리 시뻘건 노을을 뒤집어쓴 테의 요새를 바라보며 우 씨 아저씨는 그렇게 말했다. 처음에 이기는 그 말뜻을 잘 이해하지 못했다. 적맥인과 좀비. 동일한 바이러스에 감염되었으나 알 수 없는 이유로 누군가는 적맥인이 되고 누군가는 좀비가 되었다. 하지만 유혈년에 사람들을 잡아먹은 건 적맥인이 아니라 좀비였다. 좀비들이 바이러스에 감염되지 않은 사람들을 죽였다. 마침내 잡아먹을 사람이 없을 때까지 멈추지 않았다. 그러니 이 세계를 박살 낸 존재는 좀비라고 보아야 마땅했다. 다만 적맥인에게도 책임이 없지 않음을 이기도 부정할 수 없었다. 테의 일가가 섬을 지배한 역사는 그들이 바이러스에 감염된 직후 적맥인으로 거듭나면서부터 시작되었기에.

 이기는 검붉은 혈관이 도드라진 자신의 오른팔을 내려다보며 물었다. 저에게도 테와 같은, 끔찍한 피가 흐르고 있는 거죠? 황포한 본성은 테의 일가에만 국한된 것이 아니었다. 정도의 차이가 크긴 하지만 적맥인이라면 누구나 힘의 충동을 느껴 본 적이 있을 테니까. 가만히 이기를 바라보던 아저씨는 크고 단단한 손으로 이기의 어깨를 움켜잡으며 말했다. 그렇지 않아, 절대로. 스스로에 대한 의심이 든다면 네 엄마 이령을 봐. 아저씨는 마치 그렇게 하는 것이 유일한 해법인 듯이, 아저씨 자신도 그렇게 해서 구원받았다는 듯이 신념과 확신이 깃든 얼굴을 하고 있었다.

아저씨, 난 엄마랑 달라요. 엄마처럼 살 수 있는 인물도 못 되지만 엄마처럼 살고 싶지도 않아요. 하지만 차마 그렇게 말하진 못했다. 목구멍까지 치솟는 말들을 애써 눌러야 했다. 우 씨 아저씨처럼 누군가를 믿고 따르는 것을 생의 원동력으로 삼는 사람에게 대놓고 그리 말하기란 쉽지 않은 일이다. 원래 아저씨는 테의 충직한 부하로 섬사람들을 괴롭히는 일도 마다하지 않고 나서던 사람이다. 그런 아저씨를 변하게 만든 사람이 바로…. 이기는 맑디맑은 엄마의 얼굴을 떠올리다가 한숨을 내쉬었다.

아저씨와 엄마는 몰라. 사람들이 아저씨가 변해서 다행이라고, 다 엄마 덕분이니 고맙다고 생각할 것 같아? 절대 아니란 말이야. 다들 뒤에서 얼마나 쑥덕대는데. 이기는 아저씨를 마주 보지 못하고 저편 바닷가로 고개를 돌렸다. 지저분한 소문을 듣고 화가 날 때마다 터질 듯이 요동치는 오른팔의 혈관을 진정시켜준 존재는 엄마가 아니라 바다였다. 바다가 몰고 오는 소리를 듣다 보면 어찌나 마음이 평온해지는지. 때마다 이리저리 방향을 바꾸는 바람의 소리를, 동글동글한 몽돌들이 물결에 자그르르 씻기는 소리를, 흰 거품이 이는 파도 위에서 방황하는 갈매기의 울음소리를, 드넓은 바다를 적시는 소낙비의 소리를 이기는 사랑했다. 그 순간만큼은, 그렇게 마음이 차분히 가라앉는 순간만큼은 자신의 몸에 흐르는 피가 어쩌면 그리 끔찍하지 않을지도 모른다는 생각이 들었으니까.

"테의 선택을 받았다고 우쭐할 필요 없어. 몸종 역할을 할 여자아이가 필요했는데, 그날 마침 네가 테의 눈에 띈 것뿐이라고."

잿빛 시멘트 벽뿐인 휑한 복도에 들어서는 이기를 향해 얀군이 쏘아붙였다. 막 복도 중앙에 거대한 흑색 철문이 굳게 닫힌 테의 방으로 향하던 참이었다. 요새로 끌려온 뒤 이기는 아침저녁으로 테를 모셨다. 정확히는 테의 손발을 씻기고, 머리를 감기고, 테가 겉옷을 입고 벗는 일을 도왔다. 시중든 지 사흘째 되던 날엔 테의 명에 따라 어깨를 주무르기도 했다. 테는 온몸이 돌덩이 같은 데다가 신체의 모든 부위가 이기보다 세 배는 컸지만 이기는 마치 얇디얇은 유리잔을 다루듯 조심스럽게 테를 대했다. 테의 말 한마디로 자신의 일상이 송두리째 달라졌으니 긴장하지 않으려야 않을 수가 없었다.

"원래 테는 옆에서 누가 귀찮게 구는 거 싫어해. 만삭이 되면 거동이 불편해지니 그동안에만 잠깐 몸종을 두는 거라고."

벽에 등을 기대고 서 있던 얀군이 눈을 희번덕거렸다. 얀군은 이기가 요새에 도착한 날부터 매서운 눈으로 이기의 일거수일투

족을 감시하고 있었다. 흥, 남의 일에 신경 끄시지. 이기는 냉랭하게 맞대꾸할 작정으로 얀군에게 다가갔다. 그런데 문득 얀군의 허리춤에 꽂힌 새총에 가닿은 이기의 시선이 하릴없이 흔들리기 시작했다. 울컥, 별안간 서러운 마음이 들었다. 얀군이 애지중지하는 새총을 보자 요새에 들어오면서 빼앗긴 자신의 보드가 떠오른 것이다. 보드라도 있으면 마음이 좀 편할 텐데. 네 살쯤 보드를 타기 시작한 뒤로 이렇게 보드와 떨어져 지내는 건 처음이었다.

시무룩해진 이기의 입술 사이로 힘없는 목소리가 새어 나왔다.

"그래서, 뭐?"

"하, 답답하네. 그러다 네가 필요 없어지면 어떡하겠어? 그 똑똑한 머리로 생각이라는 걸 좀 해 보라고."

얀군이 검지손가락으로 이기의 이마를 찍을 듯이 가리키자 바로 아차, 왜 그 생각을 못 했을까 하고 후회가 밀려왔다. 테의 몸종 노릇을 도대체 언제까지 해야 하는지 한탄했을 뿐, 그다음 일은 생각해 본 적이 없었기 때문이다.

"…그전에 끌고 온 애들은 어떻게 됐는데?"

"몰라서 물어? 아, 물론 알아도 믿고 싶지 않겠지만…."

"아는 게 없어서 믿고 안 믿고 할 것도 없어. 뭔데, 뭐 어떻게 되는데?"

"큭…."

얀군은 목에 뭔가 걸린 듯한 웃음소리를 내며 손가락으로 자신의 목을 가로 긋는 시늉을 해 보였다. 그 모습을 보니 오싹 소름이 끼쳤다.

"다 죽었다고? 한 명도 남김없이?"

"왜, 이제야 무서운가 보지? 그러게 왜 잘난 척을 하고 그래. 도나 같은 애가 뭐가 중하다고 나서느냔 말이야."

"도나한테 손까지 물려 가며 나선 사람한테 들을 말은 아닌 것 같은데. 얀군 너야말로 도나를 중하게 생각하는 거 아니고?"

이기의 말에 허를 찔린 듯, 얀군의 콧등과 광대뼈 주변이 벌겋게 물들었다.

"그게 무슨…."

"흐응. 아님 말고."

이기는 코웃음을 치며 팔짱을 꼈다. 얀군을 자극하기 위해 던진 말일 뿐, 얀군의 마음 따위에 이기는 조금의 관심도 없었다. 관심이 없기로는 아마 도나도 마찬가지일 터였다. 얀군은 양손으로 세수하듯 얼굴을 벅벅 문지르고 나서 다시 카랑카랑 목소리를 높였다.

"아무튼, 너나 도나나 일이 닥쳐 봐야 진짜 무서운 줄을 아는 족속이지…. 뭐, 그때 가서 무서워해 봤자 무슨 소용이 있겠냐마는. 그냥 운명이다 하고 받아들여야지 어쩌겠어, 안 그래?"

"그래, 맞아. 초연하게 받아들여야지. 너처럼 지레 겁먹고 울며불며 난리 치는 것보다야 낫지 않겠어?"

"너…! 이….'

그날 길쭉이가 한 말이 아예 허튼소리는 아니었나 보지. 또 금세 귓바퀴까지 빨개져서 부들거리네. 정확한 사정도 모르고 던진 말이었지만 얼굴이 달아오를 정도로 당황해하는 얀군을 보니 이기는 제대로 한 방 먹였다는 생각에 고소한 기분이 들었다.

"너… 설마 그 자식들 하는 말을 곧이곧대로 믿는 건 아니겠지. 그중 최고 악질이 바로 날 울보 겁쟁이로 중상모략한 그 길쭉한 자식, 몰이라고."

테의 형제 중 첫째인 몰은 자기 자신을 드러내길 꺼리고 매사 앞으로 나서는 일이 적어 섬사람들의 입에 오르내리는 일이 드물었다. 이기 역시 몰에 관해 아는 것이 거의 없었다.

"아주 교활한 자식이야. 치고 빠질 때를 아는 놈이지. 지금이야 저렇게 납작 엎드려 테의 뒷배나 보고 있지만, 뒤에서 무슨 일을 꾸미는지 알게 뭐람. 조용할수록 무서운 인간이거든. 내 팔뚝 굵소 하고 기고만장, 잘 접히지도 않는 팔뚝이나 으스대고 다니는 홍을 맨날 옆에 끼고 다니는 것도 꼴 보기 싫고."

흉을 묘사하는 말에 이기는 저도 모르게 풋, 웃음이 터졌다. 그런 이기를 내리뜬 눈으로 쳐다보던 얀군이 말을 이었다.

"분명 무슨 작당들을 하는 것 같은데, 테가 왜 내버려두는지 알 수가 없단 말이지. 그대로 두면 분명 화가 될 텐데…."

"아주 효심이 지극하구나, 얀군. 자나 깨나 어머니 걱정인가 봐."

그럴 리가 있나. 얀군이 그저 자신의 안위를 걱정하는 것뿐임을 잘 아는 이기는 그런 얀군이 가소로워 한층 더 빈정대는 투로 말했다.

"몰이나 흉이 그렇게 무서우면 엄마한테 가서 혼내 달라고 조르지 그래. 총애 받는 양자인데 그 정도도 못 해?"

"내가 신임을 얻은 건 사실이지. 테가 자기 아이들 돌보는 일을 아무한테나 맡길 것 같아? 너, 걔들이 얼마나 호사를 누리고 사는지 직접 보면 깜짝 놀랄걸."

얀군은 이기의 비아냥에도 꿈쩍하지 않고 씁쓸히 중얼거렸다. 호사를 누리는 좀비들이라…. 갑자기 호기심이 인 이기가 슬쩍 물었다.

"그래? 나도 볼 수 있어? 그 애들?"

"왜, 내 자리가 탐나? 네까짓 게 넘볼 수 있는 자리 같아?"

"뭘 그렇게 경계하고 그래. 그냥 좀비몰이꾼으로서 호기심이 생겼달까, 그런 거지."

"흥…."

얀군이 못마땅한 표정으로 이기를 흘겨보았다.

"싫음 말고. 네가 안 보여 줘도 여기 살다 보면 오다가다 마주칠 날이 오겠지. 아니다, 나라고 테의 총애를 받지 못하란 법이 있나. 그렇게 되면 네가 돌보는 애들은 자연히 내 담당…."

"꿈 깨시지."

얀군이 한 발을 앞으로 디디며 어금니를 악문 소리를 내었다. 이기를 겁주려는 듯 어깨를 펴고 턱을 추어올렸다. 하지만 되레 더 뻔뻔하게 굴면 굴었지, 그 정도 으름장에 기죽을 이기가 아니었다.

"네 말대로 내가 죽을 목숨이라면 그렇게라도 살 방도를 구해야 하지 않겠어?"

"그냥 닥치고 운명을 받아들이라고 했지…."

순순히 주어진 운명을 받아들이라고? 필요에 따라 그러는 척은 할 수 있어도 목숨이 붙어 있는 한 절대로 그렇게 살 수는 없어. 이기는 사늘한 미소를 지으며 어깨를 으쓱해 보였다.

"테의 아이가 예정일에 맞춰 나온다면 아직 한 달 반의 시간이 있으니까, 나쁘지 않은데? 운명을 바꾸기에 충분한 시간이야. 내 운명을 바꾸면, 덩달아 네 운명도 바뀔 테고."

"이게 진짜!"

얀군이 얼마나 쉽게 발끈하는지, 이기는 슬슬 얀군과의 입씨름에 싫증이 났다. 쓸데없이 시간을 낭비했다는 생각도 들었다. 뭐 이렇게 얀군이랑 콩팔칠팔 떠들었대. 아무래도 도나한테 물들었나 봐.

"그럼 이만. 내가 좀 바빠서. 이래 봬도 무려 테를 모시는 몸종이잖아. 먼저 간다!"

이기는 이제 그만 얀군을 무시해 버릴 작정으로 걸음을 옮겼다. 그런데 그때 얀군이 부루퉁하게 던진 말이 콱, 이기의 뒤통수에 꽂혔다.

"흥, 바빠 봤자 도나만큼 바쁠까."

"그게 무슨 소리야?"

이기가 걸음을 멈추고 돌아서서 물었다. 테의 요새에 들어온 뒤 바깥에 있는 누군가의 소식을 전해 듣는 건 처음이었다.

"생각해 본 적 없나 보지? 네 몫의 좀비들을 누가 떠맡게 될지. 게다가 그날 폭풍우에 좀비들을 잃은 것도 누군가는 책임져야 할 거 아니야."

언제고 들킬 일이라 생각했다. 이기와 도나가 무연고 좀비들만 맡아 오긴 했지만 가족이 없다고 해서 아무도 그들에게 관심을 주지 않는 건 아니었다. 테의 무리가 있었으니까.

테의 무리는 섬 안의 좀비들에 관한 장부를 작성하고 관리했다. 섬사람들이 테의 독재하에서 그나마 안도하며 살 수 있는 이유는 바로 테가 좀비들을 철저히 통제하고 보살펴 주어서였다. 특히 테를 옹호하는 사람들은 테가 좀비들이 더덕밭을 망치지 않도록 감독하고, 좀비인 형제자매 혹은 아들딸을 대신 돌보아 주고, 나아가 수명이 다한 좀비들의 사체를 수습하고 안장하여 섬 내 위생까지 책임지니 얼마나 살기 좋아졌냐며 떠들어 댔다.

물론 가당치도 않은 말이다. 테가 그 모든 일을 관장할 수 있는 이유는 오랜 시간 섬사람들의 노동력을 말도 안 되는 헐값에 끌어다 썼기 때문이다. 이기와 도나 같은 좀비몰이꾼만 봐도 그렇다. 좀비몰이꾼은 테에게 매우 중요한 노동력이지만 테는 좀비몰이꾼에게 야박하게 굴었다. 태어난 지 하루 만에 성장을 마치는 좀비들을 데려와 단 하루도 쉬지 않고 열심히 몰이해도 손안에 떨어지는 보수는 턱없이 적었다. 이기가 알기론 섬 내에서 살기 좋다고 말할 수 있는 사람은 테와 그 무리부에 없었다. 그들을 제외하곤 하나같이 가난했으니까.

결국 좀비 관리는 독재의 명분인 셈이다. 이를 잘 알고 있는 이기는 테와 테의 무리가 좀비 관리를 소홀히 할 리가 없다고, 얼마 지나지 않아 사라진 좀비들에 관해 다 알아낼 거라고 생각했다. 하지만 이기가 테의 시중을 드는 동안에는 좀비를 잃은 일로

추궁을 당하거나 불호령을 들은 적이 없지 않은가.

"왜 나한텐 아무 말이 없는 거지?"

"여기 끌려온 것만으로는 부족한가 보지? 죽을 날을 받아 놓고도?"

"그치만 도나 혼자 내 좀비들까지 다 감당해야 하는 건 너무…."

서른일곱의 좀비라니, 고작 좀비 열 명도 버거워하던 도나인데. 그날 밤 본 바 가 있어 예전처럼 도나의 채찍 솜씨를 불신하진 않지만, 웬만한 경우가 아니고서는 좀처럼 좀비들에게 채찍을 사용하지 않으려 하는 도나의 성정을 알기에 혼자서 무슨 수로 그 많은 좀비를 몰지 걱정이 되었다.

"아주 죽상을 하고 있던데. 네 담당이던 좀비들은 보수도 못 받고 관리해야 하니까, 그 일이 언제 끝날지도 모르고. 흐…."

"근데 그걸 어떻게 알았어? 집에 찾아가 본 거야? 도나 보려고?"

산자 할머니가 세상을 떠난 뒤로 도나는 거의 이기의 집에서 살다시피 했다. 만약 얀군이 도나를 만나러 갔다가 아이를 보게 된다면…. 철렁, 가슴이 내려앉았다.

'내, 내가 왜…. 어디 구석에서 땅이 꺼져라 한숨 쉬고 있길래 말이나 좀 걸어 본 거지."

아아, 다행이다. 이기는 저도 모르게 안도의 한숨을 내뱉었다. 그런데 그 모습을 유심히 보던 얀군이 고개를 갸우뚱하고는 눈을 반짝이며 물었다.

"근데 좀 이상하다? 왜 안심하는 것 같지? 집에 뭐 숨겨 둔 거라도 있나."

"수, 숨겨 두긴, 뭘⋯."

"아닌데⋯ 뭔가 있는데?"

역시 얀군은 만만하게 볼 상대가 아니었다. 눈치 하나는 진짜 끝내주게 빠른 놈이라니까. 머릿속에서 생각이 빠르게 굴러갔다. 어떻게 대답해야 하지? 어설프게 말했다가는 꼬투리 잡히기 십상인데.

그런데 그때였다.

"쪼그만 놈 둘이 뭘 그렇게 속닥거리나."

몰이 기분 나쁜 미소를 지으며 복도 끝에 나타났다. 한 손엔 이기의 보드를 쥔 채였다. 몰은 보드 가장자리를 다른 편 손바닥에 탁탁 치며 한쪽 눈썹을 치켜올렸다.

"얀군, 설마 군기 잡는다고 설치는 건 아니지? 에이 설마, 지 주제도 모르고 그러진 않겠지. 안 그래, 훙?"

"그런 말도 있잖아, 몰. 호랑이 없는 골에⋯."

뒤따라온 훙이 급히 몰의 질문에 반응했지만 그다음 말이 떠오르지 않는지 육중한 팔뚝을 들어 올려 네 손가락으로 굼뜨게 이마를 긁었다.

"…토끼가 왕 노릇 한다."

탁탁. 몰이 흠 대신 문장을 완성하며 또 보드를 두드렸다. 탁탁, 탁탁. 신경에 거슬리는 소리였다. 이기는 미간을 찌푸리고 삐뚜름하게 서 있는 몰과 그 손아귀에 들린 보드를 안타까운 마음으로 바라보았다. 만약 몰에게서 보드를 빼앗으려면 어떻게 하는 게 좋을까. 가만히 보니 몰은 선 자세만 삐뚠 것이 아니라 전반적인 신체 균형 자체가 조화롭지 않은 것 같았다. 이목구비도 비대칭이요, 양팔 양다리의 길이도 눈에 띄게 달랐다. 그래, 잘하면 보드를 뺏어 올 수 있을지 몰라. 몰이 방심한 틈을 노려 어떻게든 삐끗하게 만들 수만 있다면….

"그런데 이거, 네 장난감 말이야. 나한텐 쓸모가 없어서 돌려줄까 하는데."

보드를 돌려주겠다고…? 귀가 솔깃한 말이었지만 무턱대고 믿을 수는 없었다. 이기의 얼굴을 매서운 눈으로 직시하던 흠은 그대로 시선을 얀군에게 옮기고는 까딱 고갯짓했다. 마치 고갯짓 하나로 얀군을 오라 가라 할 수 있다는 듯이 오만한 표정을 하고서. 호랑이 없는 골에 토끼가 왕 노릇 한다는 말은 누구보다 흠 본인에게 퍽 잘 어울리는 말인 듯했다.

"끄응…."

이기는 얀군이 주먹을 불끈 쥐다가 스르르 손가락의 힘을 풀고 마는 모습을 지켜보았다. 이길 수 없는 상대 앞에서 뻗대지 않는 건 이기와 다를 바가 없었다. 그런데도 도나는 얀군을 싫어하고 이기만 좋아했다. 혹시 그래서 얀군이 날 더 싫어하나. 이기는 자신에 대한 얀군의 반감이 어쩌면 도나의 편애 때문인지도 모른다는 생각이 들었다.

"조심하라고."

얀군은 들릴 듯 말 듯한 목소리로 하나 마나 한 경고를 남기고 뒤돌아 떠났다. 몰에게 찍소리도 못 하고 쫓겨나는 주제에 허세를 잔뜩 부린 요란한 팔자걸음으로 헐렁헐렁 걸어가는 얀군을 보니 헛웃음이 나왔다. 하지만 마음 한구석에는 얀군을 마냥 비웃긴 어렵다는 생각이 자리 잡고 있었다. 강한 척, 태연한 척하는 데는 이기 역시 일가견이 있었으니까.

"자아, 물정 모르고 욕심만 많은 토깽이도 보냈고. 이제 우리끼리 진솔한 얘기를 좀 나눠 볼까."

몰이 긴 다리를 성큼 내디뎌 가까이 다가오는 바람에 흠칫, 이기의 상체가 뒤로 기울어졌다.

"궁금한 게 있는데 말이야."

불쾌한 숨결이 느껴질 만큼 몰이 가까이 다가왔다. 가래가 끓는 듯 갸릉대는 목소리가 꼭 좀비가 내는 소리 같았다.

"내가 이 보드를 너에게 돌려준다면 넌 나에게 뭘 줄 수 있는지 듣고 싶거든."

"내가 줄 수 있는 거…?"

몰의 뒤에 버티고 선 흉이 어떻게 꼬았는지 참 잘도 꼬았다는 생각이 들 정도로 잔뜩 옥죄어 마주 낀 둔중한 두 팔을 흔들며 큭큭 소리를 내고 웃었다. 이기를 얕잡아 보는 게 분명했다. 집중하자, 집중. 어떻게 반응할지 생각해야 해. 몰과 흉 앞에서 저자세를 취할지 고자세를 취할지 당장 결정해야만 했다. 이기는 숨을 들이쉬고 또랑또랑한 목소리로 말했다.

"내가 줄 수 있는 걸 먼저 말할 필요가 있나? 보아하니 나한테 받고 싶은 게 있는 모양인데."

고민할 시간이 부족하다면 직감대로 행동하는 게 최선인 법이다. 헷갈리는 문제일수록 더더욱.

"호오…."

몰이 흉을 향해 몸을 돌려 작게 소리쳤다.

"쓸 만한 놈이라니까…! 똑똑하고 간덩이가 커서 부려 먹기 좋아. 자기 명 재촉하기에도 딱 좋은 성격이긴 하다만."

"큭큭. 그건 우리 알 바 아니지."

흉의 말에 흡족한 표정을 지으며, 몰이 다시 이기 쪽으로 몸을 기울였다.

"잘 들어."

몰이 자신의 얼굴을 이기의 코앞에 들이밀었다. 사람 표정이 한순간에 이렇게 변할 수 있나 싶을 정도로, 조금 전 흥을 향했던 만족스러운 표정은 감쪽같이 사라지고 이지러질 대로 이지러진 스산한 얼굴만이 이기의 눈앞에 놓여 있었다. 이제부터 자기가 하는 말에 귀 기울이지 않으면 가만두지 않겠다는 듯한 얼굴이었다. 긴장하지 말자, 긴장할 필요 없어. 내가 터의 몸종인 이상, 당장 날 어떻게 하진 못할 거야. 무슨 말을 하는지 들어나 보자고. 이기는 흐읍 들이마신 숨을 내뱉지도 못한 채 스스로를 다독이며 이어질 말을 기다렸다.

"이제부터 너는…."

몰이 뜸을 들이며 입꼬리를 실룩였다. 이기의 어깨에 절로 힘이 들어갔다.

"내 심복이다."

맙소사. 듣지 않으면 더 좋았을 말이었다.

사나운 바위

"이번엔 느낌이 달라. 이 아이는 내 후계자가 될 거다."

테의 손이 바위산의 봉우리를 쓰다듬는 먹구름처럼 투박하게 움직였다. 꺼칠꺼칠 결이 일어난 커다란 가죽 의자에 몸을 반쯤 눕힌 테는 무언가에 골몰한 듯 천장 구석에 시선을 고정한 채 자신의 배를 연신 문질러 댔다.

"벌써 여섯 번째다. 이번엔 다를 거야."

다꾸를 원하는 말이 아님을 알기에, 이기는 그저 조용히 테의 곁으로 다가갔다. 이기의 손에 들린 대야에는 김이 펄펄 나는 물이 한가득 담겨 있었다. 이제 살이 벌겋게 달아오를 정도로 뜨거운 물에 발을 담근 테가 지그시 눈을 감은 채 손가락을 까닥하여 신호를 주면, 이기는 냉큼 테의 어깨를 주무를 것이다. 테의 휴식 시간 동안 이기의 말은 한마디도 허용되지 않았다. 테가 무언가 묻는다면 몰라도.

이기는 대야를 바닥에 두고 테의 앞에 무릎을 꿇고 앉으며 생각했다. 그런데 어쩐지 오늘은 테의 경계심이 좀 풀어진 거 같아. 전보다 혼잣말도 많이 하고. 이렇게 하루하루 테와 가까워진다면…. 테의 발을 그러쥔 이기의 두 손이 살며시 떨렸다. 희망이 있을지도 모른다고 생각하자 의욕과 부담이 함께 밀려왔다. 이기는 힐끗 테의 표정을 살피고는 아주 조심스럽게 테의 발을 대야 쪽으로 이끌었다. 잘하고 있어, 이대로 계속 잘하면 되는 거야.

"끄응…."

하지만 애써 스스로 다독인 효과는 짧디짧았다. 발을 옮기던 테가 뱃고동 소리 같은 신음을 냈다. 내가 뭔가 잘못한 걸까? 시중을 잘못 들었나? 불안감에 목덜미가 사늘해졌다. 이기는 저도 모르게 황급히 테의 상태를 물었다.

"테, 어디 불편하세요?"

"그만."

허락되지 않은 질문에 대한 답은 신경질적인 발질이었다. 테가 이기의 손을 내치기 위해 가볍게 다리를 한 번 젓자 마치 테의 발에 가격이라도 당한 듯 이기의 몸이 기우뚱했다. 이기는 뒤로 나자빠지지 않기 위해 한 손으로 바닥을 짚고 균형을 잡았다.

테는 한 손으로 허리를 움켜쥐고 우웅 우웅, 낮은 신음을 몇 번 더 냈다. 잔뜩 구겨진 이맛살을 보건대 상당한 통증을 느끼고 있음이 분명했다. 이기는 적잖이 당황했다. 설마 벌써 아이를…? 아직 한 달 반이나 남았는데? 입이 바짝 타들어 갔다.

"이기."

마침내 잦아든 신음 뒤로 나직한 호명이 따라붙었다. 테는 천천히 상체를 일으켜 두 팔을 무릎 위에 기대고 앉아 이기의 눈을 들여다보았다. 오늘따라 뿌옇게 보이는 회색 눈동자를 마주 보지 않기 위해 이기는 황급히 머리를 숙이고 외마디 끝을 흐렸다.

"네…."

"너, 앞으로 네가 어찌 될지 알고 있나."

이기는 주먹을 움켜쥐고 입술을 달싹였다. 안다고 하자니 이미 죽은 목숨이라고 받아들인 듯하여 억울하고, 모른다고 하자니 빼도 박도 못하게 테의 입으로 죽을 날을 확인받을 것 같아 두려웠다.

그때 테가 검지손가락으로 묵직하게 이기의 관자놀이를 찍어 누르며 말했다.

"너는… 죽는다."

알아요, 나도 다 안다고요. 아이를 낳고 내가 더는 필요하지 않을 때 가차 없이 날 제거할 거잖아요. 테, 당신은 그런 사람이니까. 이기는 눈을 질끈 감고 간신히 소리 내어 대답했다.

"…알고 있습니다."

"그래. 내가 그렇게 결정했지."

하지만 희망을 송두리째 내던져 버리기엔 주어진 시간이 너무나 아깝지 않은가. 이기에게는 아직 한 달 반의 시간이 남아 있었다. 테는 이 섬의 유일한 호랑이. 모두 호랑이가 되고 싶어 안달나 있지만 그들이 호랑이 행세를 할 수 있는 건 오직 테가 자리에 없을 때뿐이다. 결국 이 섬에서 테의 결정을 바꿀 수 있는 사람은 아무도 없는 셈이었다. 한 사람만 빼고.

이기는 마음을 다잡고 고개를 들어 테를 마주 보았다.

"네, 잘 알고 있습니다. 그리고…."

테의 탁한 눈동자에 옅은 빛이 맴돌았다. 이기의 반응에 호기심이 인 모양이었다.

"테만이 그 결정을 바꾸실 수 있다는 것도요."

무거운 정적이 테의 방을 가득 채웠다. 테의 침묵은 그 큰 방에서 산소를 모조리 빼낸 듯 상대를 숨 막히게 만들었다. 일 초, 이 초, 삼 초…. 시간을 의식하기 시작하자 당장 방 밖으로 뛰어나가 공기를 들이마시지 않으면 질식하여 정신을 잃을 것처럼 가슴이 답답해졌다.

탁탁. 테가 시간을 재듯 손가락으로 무릎 위를 일정하게 쳤다. 제걱제걱. 이기의 귀에 환청이 들렸다. 마치 묵직하고도 날카로운 장도(長刀)로 만들어진 초침의 소리를 듣는 듯했다.

"당돌하기 짝이 없군."

마침내 테가 입을 열었으나 그 목소리는 차디차기만 했다.

"전엔 그 점이 마음에 들었는데, 오늘은 영 마음에 안 들어."

끝났구나…. 한 달 반이 뭐람. 당장 오늘 끝장나게 생겼는데. 이기는 얼른 엎드려 이마를 땅에 붙이고 낮은 목소리로 또박또박 읍소했다.

"죄송합니다, 테. 제가 쓸데없는 말을 했어요. 다신 그러지 않겠어요."

테가 또 한 번 끙 소리를 냈다. 도대체 어디가 안 좋은 건지, 자신을 어떻게 할 생각인지, 테에 관해서는 무엇도 가늠해 내기가 어려웠다. 그러니 당장은 머리를 조아리고 기다리는 수밖에.

"당돌하게 군 김에 말해 봐라. 내가 왜 오늘 널 영 마음에 안 들어 하는지, 네 생각을 말해 봐."

"네?"

양미간을 찌푸리고 노려보는 테의 얼굴을 보자마자 테에게 자신의 반문에 대한 설명을 구할 수 없음을 직감한 이기는 재빨리 머리를 굴려 대답했다.

"제가 눈치 없이 굴어서요. 테의 기분을 헤아리지 못하고…."

전엔 마음에 들던 것이 오늘 유독 거슬리는 이유가 뭐겠는가. 이기는 별반 달라진 게 없으니, 그 이유는 테 자신에게 있을 터였다.

"허!"

테가 황당하다는 듯이 헛웃음을 터뜨렸다. 난데없는 웃음소리에 놀란 이기가 슬그머니 머리를 들어 테를 쳐다보았다. 그런 이기의 모습이 재미있어 죽겠다는 듯 테는 더욱더 큰 소리로 웃었다.

"허헛… 하하하… 크크…."

"테…?"

"크크… 허허…."

끄응 소리로 웃음을 마무리한 테가 퍽 누그러진 표정으로 이기를 쳐다보았다.

"다시 마음에 드는구나. 눈치가 없는 게 아니라 아주 빨라."

이토록 종잡을 수 없이 변덕스럽다니…. 어쨌든 마음에 든다니 다행이긴 했지만 도대체 앞으로 어떻게 테의 장단에 맞춰야 할지 이기는 계산이 서질 않았다.

"기분, 중요하지. 기분에 따라 섬을 다스릴 순 없지만."

그거야 그렇겠지만…. 기분을 맞춰 줄 사람은 필요하다는 거잖아. 이기는 문득 몹시 억울해졌다. 누군가의 기분을 맞추느냐 맞추지 못하느냐로 생사가 오락가락한다니, 세상에서 제일 고된 일이 아닌가. 아아, 좀비를 몰던 때로 돌아갈 수만 있다면 얼마나 좋을까. 테의 요새로 온 지 얼마 되지도 않았는데 좀비몰이꾼이던 때가 아득히 먼 옛날처럼 느껴졌다. 보고 싶네, 다들. 그르렁그르렁 기분 나쁜 소리를 내고 스멀스멀 역한 냄새를 풍기는 좀비들이 이렇게까지 그리워지다니.

"섬을 다스리는 데 가장 중요한 건⋯."

테의 진지한 목소리에 이기는 귀를 쫑긋 세우고 경청하는 척했다. 테의 기분을 맞추는 것이 아무리 고되더라도 살아남기 위해선 잘 해내야만 했다.

"사람, 사람이지."

테가 천천히 자리에서 일어났다. 우뚝 선 테의 모습을 바라보느라 뒤로 젖힌 이기의 머리를, 테가 커다란 오른손으로 가볍게 움켜쥐고 흔들었다.

"쓸 만한 놈 말이야."

설마⋯ 나를 두고 하는 말일까? 이기는 테의 손에 지난번과 같은 힘이 실려 있지 않음을 느꼈다. 적어도 머리를 박살 내려는 의도가 없는 건 확실했다.

"우 씨가 꽤 쓸 만했지. 충성심이 예전만 못한 건 아쉽지만."

아저씨, 우리한텐 그렇게 충성하는 척이라도 열심히 하라고 윽박지르더니, 아저씨도 제대로 해내진 못했나 봐요. 테가 다 알아챘잖아요! 이기는 다급히 우 씨 아저씨를 변호했다.

"그, 그럴 리가요. 아저씨의 충성심은 섬에서 모르는 사람이 없을 정도인걸요."

테가 코웃음을 치며 툭툭 이기의 머리를 건드렸다.

"감싸 줄 것 없다. 아직 우 씨는 쓸모가 있으니 걱정 말고. 그만한 사람을 찾기가 쉽지 않지. 이 좁아터진 섬에선 쓸 만한 놈을 구하기가 너무 어려워."

우 씨 아저씨는 배에 관해 모르는 게 없는 사람이다. 테도 분명 그 점을 높이 사는 것일 테지. 아무튼 쓸 만한 사람이 없다는 테의 푸념은 듣던 중 반가운 소리였다. 쓸 만한 사람을 원하는 건지, 믿을 만한 사람을 원하는 건지, 아니면 둘 다인지 알 수는 없지만 둘 중 하나라도 충족하면 살길이 열릴지도 모른다는 희망이 보였다.

"사실 우 씨한테 얘기를 듣고 전부터 너를 지켜봤지. 빠릿빠릿해 보이고, 마음에 들었다. 그때 네가 지금 나이만 되었어도 내 애들을 맡겼을 거다."

"그때도 잘했겠지만, 지금은 더 잘할 수 있어요."

"아니, 아니…."

테가 한 손을 들어 올렸다.

"그 일은 얀군이 잘하고 있으니 욕심내지 말고."

얀군이 일을 아주 못하진 않나 보네. 샐쭉한 표정을 숨기고 고개를 갸웃하는 이기에게 테가 다시 손짓했다. 자리에서 일어나라는 뜻이었다.

"너는 내 곁에 있어야지. 내 눈과 귀가 되고, 내 수족처럼 굴어야 한다."

"네…! 그럼요. 잘할 수 있습니다, 테."

음츠렸던 어깨를 편 이기가 의욕을 보이자 테는 까불지 말라는 듯 경고하는 투로 말했다.

"다른 놈들 앞에선 혀가 없는 듯 굴어야 할 거야. 안 그러면 내가 네 혀를 잘라 버릴 테니까."

"네…."

이기의 어깨가 금세 다시 움츠러들자 테가 의미심장한 표정을 지었다.

"내가 몰을 내버려두는 이유는 우 씨처럼 몰도 몰 나름대로 하는 일이 있기 때문이다. 몰이 장부 작성 같은 건 기가 막히게 꼼꼼히 처리하지. 기억력도 좋고."

이기는 침을 꿀꺽 삼켰다. 테가 갑자기 몰 얘기를 꺼낸 데는 이유가 있을 터였다. 테는 모든 걸 다 알고 있는 걸까? 심복이니 뭐니 하며 보드를 미끼로 매수하려던 것까지, 다?

"하지만 자신의 쓸모를 과신해 터무니없이 방자하게 군다면…."

역시 허투루 한 말일 리 없지. 이건 테의 경고 메시지다. 타인의 생사에 대한 결정도 언제든지 바꿔 버릴 수 있다는, 자신의 힘을 과시하는 메시지.

"너는 어떨지 궁금하군, 이기."

천천히 몸을 돌린 테는 방 가운데에 놓인 등받이 없는 의자를 향했다.

"저기, 벽장에 갈색 약병이 있다."

테가 의자에 천천히 앉으며 말했다. 약병을 가져오라는 뜻이었다. 이기는 바로 걸음을 옮겼다. 벽장문을 열자 퀴퀴한 냄새와 함께 익숙한 향이 느껴졌다. 설마…. 그 순간 이기의 머릿속에 온갖 생각이 스쳐 지나갔다. 설마 이거 내가 아는 그 약일까. 분명 그 약 냄새인데…. 하지만 약병을 쥐고 테의 등 뒤에 선 순간까지도 이기는 곧 마주할 일에 대해 섣불리 확신할 수가 없었다. 이윽고 테가 말없이 상의를 반쯤 걷어 올렸다.

"테…."

이기의 눈이 휘둥그레졌다. 보고도 믿을 수가 없었다. 마치 화상을 입은 듯 수포가 오르고 곪아 터진 피부. 허리를 덮은 벌건

염증은 이미 등줄기까지 뻗쳐 있었다.

"이건…."

적맥인병. 부후적병(腐朽赤病)이라는 병명도 있지만 대부분의 사람들은 이 병을 적맥인병이라 불렀다. 유혈년에 살아남은 적맥인들에게 내린 저주라고 여겼기 때문이다. 적맥인병에 걸린 사람에겐 죽음의 그림자가 드리운다. 처음엔 가벼운 염증으로 시작하지만 시간이 지날수록 사지의 움직임이 뜻대로 되지 않고 결국 온몸이 좀비처럼 썩는다. 좀비와는 다르게 결국 죽음에 이르고 말지만 말이다. 이 무시무시한 병은 대대로 적맥인을 괴롭히는 암적(癌的)으로, 적맥인 넷 중 하나는 반드시 이 병에 걸렸다. 안타깝게도 이기의 엄마도 그중 하나였다. 엄마가 적맥인병에 걸렸다는 걸 처음 알게 되었을 때 이기는 좀처럼 그 사실을 받아들일 수 없었다. 왜 하필 엄마냐고, 왜 엄마가 아파야 하냐고 울먹이는 이기에게 엄마는 그 어느 때보다 의연한 태도로 말했다. 넷 중 하나야, 이기. 누구라도 걸릴 수 있는 병이라고. 엄마는 마치 마음의 준비를 하고 있던 것처럼 태연했다. 시간이 지나 이기가 마음을 좀 추슬렀을 땐 그런 말도 했다. 이게 정말 넷 중 하나라는 확률대로 걸리는 병이라면 말이야, 내가 아프고 다른 셋이 아프지 않은 게 낫지 않겠니?

"내가 네 혀를 자를 일이 없었으면 좋겠군."

테가 요구하는 건 단 하나, 이기가 비밀을 지키는 것일 터였다. 하지만 언제까지 병을 숨길 수 있을까. 사람마다 차이는 있지만 병의 진행 속도가 빠르다면 일 년은커녕 몇 달도 채 버티지 못할 것이다. 드물게 엄마처럼 오 년이 넘도록 버티는 경우도 있으나… 하긴 테는 엄마보다 훨씬 강하니 십 년은 너끈히 버틸지도 모르지.

약병 뚜껑을 열자 알싸한 약초 향이 코끝을 찔렀다. 적맥인병을 앓는 자의 환부에 바르면 통증이 경감된다고 알려진 적초(赤草)의 향이었다. 이기도 엄마를 위해 숱하게 적초를 캤다. 적초가 많이 자라는 그늘지고 습한 곳에서 유난히 붉은빛을 띠는 부분을 살피거나 가만히 서서 매콤한 적초향이 어디서 실려 오는지 더듬곤 했다. 그렇게 찾은 적초를 이기가 한가득 품고 가면 햇빛과 바람에 바짝 말려 곱게 가루를 낸 다음 기름에 가어 연고를 만드는 건 엄마의 몫이었다.

많이 아플 텐데. 이기가 테의 환부에 연고를 바르자 넓고 커다란 테의 등이 약하게 들썩였다. 엄마가 다리에 약을 바를 때마다 얼마나 아파했는지 봐 왔기에 그 통증을 짐작할 수 있었다. 물론 엄마가 아프다고 고래고래 소리를 지르거나 난리를 친 건 아니었지만…. 하나도 안 아프다며 웃는 반달 모양의 눈에서 줄줄 눈물이 흘러내리니 모르려야 모를 수가 없었다.

"흉터는 흉터로 덮겠다고 생각했지. 새로운 상처를 만들어서 말이야."

거친 숨소리 뒤로 테의 목소리가 나지막이 깔렸다. 언뜻 들어선 의미를 알 수 없는 말이었다.

"그런데 아예 썩어 버리는구나. 그래, 뭐, 후…."

통증을 숨기는 방법으로 혼잣말을 선택한 듯 테가 계속 이어 말했다.

"…곪아서 녹아 없어져 버리는 게 가장 깨끗한 결말이겠지."

"그런 말씀 마세요, 테. 병증의 진행 속도도 사람마다 천차만별인데 테는 분명히…."

"내 아버지도 이 병을 앓았다."

테의 아버지? 테의 일가에 대한 이야기는 여기저기서 꽤 주워들고 다녔지만 테의 입으로 직접 듣는 아버지 얘기는 당연히 처음이었다. 귀가 솔깃할 수밖에.

"그런데 아버지가 가장 미워하고 괴롭혔던 자식인 내가 아버지와 똑같은 병에 걸렸군."

물론 부모가 둘 다 적맥인병을 앓는데도 자식 열이 모두 멀쩡한 경우도 있었다. 적맥인병은 유전이 아니라는 게 이미 정설로 인정되고 있었다. 테는 이기의 엄마처럼 운이 좋지 않았을 뿐이다.

"내 아버지는 숨을 거두기 직전까지도 내게 이 자리를 넘겨주지 않으려고 갖은 방법을 다 쓰셨다. 어쩌면 이 병은 아버지가 내게 저주처럼 남겨 준 표식일지도 모르지."

그러고 보니 테는 아까부터 한 손으로 느릿느릿 팔뚝의 흉터들을 쓰다듬고 있었다.

"아버지는 나를 죽도록 싫어했지. 경멸하고, 하찮게 봤어. 자식들 중에 내가 아버지를 제일 많이 닮았는데도. 그래, 우리는 꼭 닮았지…. 그러니 나도 십 년은 족히 넘길 것이다. 내 아버지가 그러했으니."

이기는 가만히 테의 팔뚝을 바라보았다. 어쩌면 저 흉터들은 테의 아버지가 가한 상처의 자국이 아닐까. 아홉 형제 중 막내라는 점도 섬의 절대자가 되기에 충분히 불리한 요소였을 텐데 거기에 더해 아버지의 모진 학대까지 견디며 기어코 그 자리를 차지해 냈다니. 테는 도대체 얼마나 무시무시한 사람인가.

"십 년… 아니, 이십 년…. 내겐 시간이 필요하다. 이 아이가 내 뒤를 이을 수 있을 때까지."

테의 손이 건조한 흉터에서 부푼 배로 옮겨 가는 모습을 보며 이기는 테가 낳은 좀비 자식들이 얼마나 호의호식하며 살고 있는지 아느냐던 얀군의 말을 떠올렸다. 분명 무시무시한 사람인데…. 이기의 속마음에 테라는 사람에 대한 정의가 더해졌다. 자기 아버지와는 달리 적어도 자기 자식만큼은 끔찍하게 생각하는 끔찍한 사람. 섬의 독재를 위해 관리하는 좀비들에게는 조금의 관심도 없으면서 자기 자식인 좀비들은 특별히 생각하는 것만 봐도 그렇다. 이기에게 테는 기괴한 모순덩어리 같은 존재였다.

'그때까지 내가 적맥인병을 앓고 있다는 게 알려지면 안 돼. 내 형제들은 약해진 나를 가만두지 않을 것이다. 내가 적맥인병에 걸렸다는 걸 핑계로 어떻게든 끌어내리려고 하겠지. 형제의 난이 일어나는 건 시간문제다.'

옷자락을 여미고 자리에서 일어선 테가 이기를 내려다보며 뜻밖의 말을 꺼냈다.

"내일, 집에 보내 주겠다."

"네?"

당황스러울 정도로 갑작스러운 말이었다. 얼떨떨한 표정으로 고개를 든 이기를 향해 테가 뚝뚝하게 대꾸했다.

"네 엄마가 만든 연고를 가져와라. 아무도 몰래, 새벽녘에."

그러면 그렇지. 그냥 집에 보내 줄 리가 없지. 그래도 어쨌든 엄마를 다시 만날 수 있는 거잖아. 도나도 보고, 아이가 어떻게 지내는지도 확인할 수 있고. 두 가지만 명심하면 돼. 테의 비밀을 지키고, 실수 없이 테의 심부름을 해내면 되는 거야. 이기는 또랑또랑한 목소리로 대답했다.

"네. 알겠습니다, 테."

"이제 네 엄마의 병보다 내 병이 우선이어야 한다. 명심해라."

흥…. 설령 내가 어떻게 된다 해도 그럴 일은 없을 거야. 얼토당토않은 테의 주문에 속으로 콧방귀를 뀌던 이기는 불현듯 테가 엄마에 대해 잘 알고 있다는 사실을 깨닫고는 흠칫했다. 엄마가 연고를 만드는 건 또 어떻게 알았담. 몰에 대해 아는 것도 그렇고, 테는 정말 모르는 게 없구나. 새삼 자신을 포함한 섬 안의 모두가 테의 손바닥 안에 있다는 현실이 찌릿하게 다가왔다.

"행여 어리석은 짓은 하지 말고. 그 결과는 참혹할 거다. 내 장담하지."

숯은 바위처럼 우뚝 선 테에게서 사나운 기운이 뿜어져 나왔다. 일을 그르치면 엄마든 도나든 우 씨 아저씨든 가만두지 않을 거라고 으름장을 놓는 게 분명했다. 이기는 단단히 굳은 얼굴로 고개를 끄덕였다. 그 모습이 결의에 차 보인 걸까. 테가 곧 사나운 기운을 거두어들였다. 하지만 이기의 안도하는 마음도, 테의 만족스러운 듯한 표정도 오래가진 못했다. 누군가 문을 두드린 것이다. 테가 손짓하자 이기는 재빨리 약병을 벽장에 넣어 놓고 문을 열었다.

"테, 저번에 잃은 좀비들 말이야…."

보란 듯 펼쳐 낸 장부를 손에 쥔 채로, 몰이 야비한 미소를 지으며 서 있었다. 자신의 심복이 되겠다고 이기가 약조하지 않자 협박도 할 겸, 염탐도 할 겸 들렀으리라. 몰은 삐걱삐걱 테를 향해 걸으며 긴 검지손가락으로 장부를 쭉 훑어 내렸다.

"그 일은 더 볼 게 없다고 했을 텐데."

"아니 그게 총 여섯의 좀비를 잃었는데…. 아무래도 벌이… 너무 약한 거 같아서…."

테가 듣기 싫다는 듯이 귀를 후비자 주절주절 말하던 몰의 목소리가 뒤로 갈수록 기어들어 갔다. 심드렁함을 넘어 짜증을 내는 듯한 테의 태도에 당황한 모양이었다.

"미안, 테. 테가 결정한 건데 내가 쓸데없이 말을 더했네."

기가 죽은 몰의 눈, 코, 입이 평소보다 더 삐뚜름해졌다. 몰은 배스듬히 고개를 돌려 자신이 테에게 박대받은 게 전부 이기 때문이라는 듯 가자미눈을 하고서 이기를 쳐다보았다. 이기는 능청스럽게 어깨를 으쓱해 보이고는 딴청을 피웠다.

"그래도 마침 잘 들렀군. 할 말이 있었는데."

테가 가죽 의자에 걸터앉으며 몰을 쳐다보지도 않고 말했다.

"몰, 이기에게 보드를 넘겨줘."

"뭐…? 보드를? 아니, 테… 왜 갑자기."

쿵쿵. 이기의 심장이 빠르게 뛰었다. 몰 역시 예상치 못한 말에 놀란 듯 보였다. 이기는 귀를 쫑긋 세우고 이어질 말을 기다렸다.

이번엔 경청하는 척할 필요도 없었다.

"이기에게 선물을 주고 싶어서."

테는 뭉툭한 손끝으로 관자놀이를 짚었다. 그리고 자신의 결정이 바뀌었음을 단연히 알렸다.

"이제 이기는 내 심복이다."

그렇게 이기의 운명이 또 한 번 흔들렸다.

귀신 쒼 더덕밭

곳곳에 냉기가 서린 테의 요새와는 딴판으로, 바깥세상은 이른 새벽 시간에도 기분 좋은 훈기가 가득했다. 이기는 오른발을 힘차게 구르며 보드에 속력을 가했다. 보드를 타는 건 곧 바람을 만드는 일이다. 팟팟팟, 휘익. 보드에 올라타 바람을 만끽하니 마치 테의 손아귀에서 완전히 벗어난 듯한 자유로움이 느껴졌다. 아아, 속이 뻥 뚫리네. 시원한 물로 속을 헹궈 낸 것 같아. 동트기 전의 푸른 공기를 뚫고 마음껏 질주하자 문득 이대로 어디론가 떠나 버리고 싶다는 생각이 들었다. 속도를 더 높이면 훌쩍 날아올라 동쪽 하늘에 걸린 그믐달을 가로지르고 더없이 광활한 바다를 건너 섬 밖 어딘가로 떠날 수 있을 것만 같았다. 하지만 섬 밖이라니. 이기는 섬 밖에 관해 아는 것이 없었다. 우 씨 아저씨도 뭍의 일에 관해서라면 말을 아끼는 편이었다. 사람 사는 게 다 똑같지. 이기와 도나가 육지는 어떠하냐고 물어보면 아저씨는 늘 그런 식으로 얼버무렸다. 그럴 때마다 이기의 궁금증은 커져만 갔다. 한때는 매일같이 섬 밖 세상을 상상하며 지낸 적도 있지만….

"엄마를 두고 가긴 어딜 가."

이기가 작게 중얼거렸다. 이기는 훌쩍 날아오를 수도, 달을 가로질러 바다를 건널 수도 없었다. 애초에 단념한 일이었다. 이기에겐 자유보다 더 중요한 게 있으니까. 그것이 사랑인지 의무감인지 구별해 내진 못했지만 어쨌든 엄마의 존재는 무엇보다 중요했다. 괜찮아. 지금도 충분히 자유로운걸. 하얀 달빛이 내려앉은 수평선을 향해 텅 빈 해안 도로를 달리는 순간만큼은 어떤 것도 이기의 마음을 붙잡아 둘 수 없었다. 녹슬고 찌그러진 자동차를 구름판 삼아 높이 날아오른 이기는 공중에서 빙글빙글 텀블링하며 은청색 달빛을 온몸으로 받아들였다. 어떻게 사랑하지 않을 수가 있어, 지금 이 순간을. 공중에 흩뿌려진 머리카락이 반짝이고, 손가락 사이로 빛이 퍼지는 이런 순간을.

몸도 마음도 한결 따뜻해진 이기는 보드 위에서 우아하고 단단한 몸짓으로 춤을 추듯 유영했다. 저 멀리 달빛이 내려앉은 잔

물결이 보석으로 장식한 커튼처럼 눈부시게 흔들리며 이기의 실루엣을 감싸 안았다. 적어도 이 길이 끝나기 전까진 이기의 춤사위가 멈추지 않도록 하겠다는 듯이.

마침내 해안 도로의 끝에 이르러 이기는 잠시 숨을 고르곤, 구불거리는 흙길 너머 산 밑에 자리한 그늘진 더덕밭을 물끄러미 바라보았다. 남청빛 새벽 공기를 품은 짙은 녹음. 지주대를 타고 자란 굵은 더덕 줄기에서 두껍고 빳빳한 더덕잎들이 무수히 뻗어 나와 뒤얽힌 모습은 가히 장관이었다. 멀리서 봐도 한눈에 알아차릴 수 있을 정도로 더덕 농사가 전에 없이 잘되었다. 더덕은 원래도 테의 섬에서 유난히 잘 자라는 식용식물이었다. 우 씨 아저씨는 항상 뭍에서 나는 더덕은 섬의 더덕에 비할 바가 못 된다고 말하곤 했다. 크기도 두 배요, 향도 두 배라 육지 사람들이 아주 좋아한다고. 때문에 더덕은 섬의 든든한 수입원이었다. 그런데 올해는 유별나도 한참 유별났다. 이대로라면 크기도 향도 두 배, 아니 네다섯 배도 거뜬히 넘을 것 같았다. 마을 사람들은 이제껏 더덕이 자라는 기세가 지금과 같은 때는 없었다며 울창한 덩굴 앞에서 감탄과 경외를 표했다. 더덕밭에 귀신이 씐 거라 말하고 다니는 사람도 있었다. 그만큼 괴이한 풍년이었다. 이기는 천천히 보드를 굴렸다. 섬의 질긴 생명력이 만든 역작. 더덕밭을 지나면 이기의 집이 보일 것이다. 그런데 그때,

"이기!"

건조한 흙먼지가 날아올라 이기의 귓바퀴를 간지럽혔다.

"이기…!"

익숙한 목소리. 이기는 눈을 가늘게 뜨고 수십 미터 앞 더덕밭을 가만히 지켜보았다. 바람을 따라 더덕 덩굴이 출렁하며 목소리를 묻으려 했지만 이기는 분명 알아들을 수 있었다. 그건 도나의 목소리였다.

"이기! 도와줘!"

솨솨솻. 더덕 덩굴이 또 한 번 크게 흔들리며 드센 잎사귀끼리 서로 세차게 부딪쳤다. 무슨 일이 일어나고 있어. 더덕밭 안에서 뭔가 일이 생긴 거야. 우웅 우웅, 솨솨솻. 덩굴이 몸을 부풀려 둔중하게 들썩이더니 다시 날카로운 마찰음을 쏟아 냈다. 더 지체할 이유가 없었다. 더덕밭으로 들어가야 해. 이기는 보드에 올라타 다급히 발을 굴렀다.

맙소사. 도대체 왜 또 이런 일이…. 얼마 가지 않아 이기는 더덕밭에서 무슨 일이 일어나는지 짐작할 수 있었다. 밭에 가까이 갈수록 모든 소리와 움직임이 좀 더 선명하게 느껴졌기 때문이다. 혼돈의 덩굴을 만드는 존재들. 그르렁그르렁 좀비들의 소리가 더덕밭에 갇힌 채 우웅 우웅, 낮게 울리는 소리를 만들어 냈다. 좀비들이 다시 발작한 게 틀림없었다.

이기는 애써 마음을 진정시키고는 귀를 기울였다. 좀비와 더덕밭이 합작해 만드는 소음 사이에서 도나의 목소리를 찾아야 했다. 바람이 푸른 어둠을 몰고 왔다. 머리카락이 흩날리고, 이기는 눈을 감았다. 집중해, 집중. 이기의 양미간에 부드러운 주름이 생겼다. 소리가… 소리가 들린다. 이기… 이기…. 도나의 외침 소리가.

오른쪽이다. 맨 오른쪽 밭고랑.

하지만 더덕밭으로 들어서자마자 이기는 도나를 찾는 일이 쉽지 않을 것을 예감했다. 드넓은 더덕밭을 이리저리 떠도는 도나의 목소리…. 좀비들 때문이리라. 쫓기는 건지 쫓는 건지 알 순 없지만. 그때 지주대가 크게 한 번 휘청이더니 고랑 끝에서 좀비 셋이 모습을 드러냈다. 덤불을 밟아 으깨고 넝쿨을 잡아 뜯으며 그르렁대는 녀석들이.

이기는 짧게 한숨을 내쉬었다.

"왜 또 이렇게 화가 나셨을까."

더덕밭은 좀비들이 절대 발을 들이면 안 되는 곳이다. 마을 사람들은 행여나 좀비들이 밭에 해를 끼칠까 봐 이 근처로는 얼씬도 못 하게 단속해 왔다. 온순하기 그지없을 때조차 믿지 못했던 것이다.

"여긴 너희가 있을 곳이 아니야."

평상시라면 더덕밭에서 한참 떨어진 바닷가 주변이나 어슬렁거려야 할 녀석들인데. 그렇게 하도록 이끄는 것이 바로 좀비몰이꾼의 일이고. 이제 내가 없으니 도나가 했어야 하는…. 도나, 이 자식…. 도대체 무슨 사고를 친 거야. 어떻게 좀비들이 여기까지 오게 만들어. 이 사태를 무슨 수로 수습하려고. 이기는 체념하여 고개를 가로저었다. 참신하기도 하지. 말썽을 피워도 참.

"자, 진정들 하고…. 어…?"

지난번과 같다. 등골을 오싹하게 만드는 속도. 셋 중 덩치가 가장 큰 좀비가 밭골을 질주했다. 눈 깜짝할 사이에 이기를 덮친 녀석이 괴성을 질러 댔다. 이기는 뒤로 자빠짐과 동시에 한 손을 뻗어 좀비를 가로막았다. 이기의 손이 닿은 좀비의 흉곽에서 살점이 떨어져 나가 가슴뼈가 드러나고, 쇄골 위로 펄떡이는 혈관이 보였다. 통증을 느낄 리는 없는데도 녀석은 연신 포효하며 몸을 흔들었다.

"그렇게 몸을 흔들어 대니까 중심을 잃지."

기회를 놓치지 않고 힘껏 좀비를 밀쳐 낸 이기가 재빨리 바로 서서 훈수를 두었다.

"배에 힘을 딱 주고 버티란 말이야."

바닥에 내동댕이쳐진 녀석이 분한 듯이 씩씩댔다. 물론 녀석이 진짜로 그렇게 느낄 린 없다. 좀비들은 욕구만이 있을 뿐 감정을 느끼지 못하니까. 그런데 어라, 녀석이 이기의 생각을 읽은 듯이 돌연 그아아아앙 울부짖었다. 이기를 죽일 듯이 노려보면서. 마치 욕구가 있는데 감정이 없을 순 없다고 항변하는 것 같았다.

이기는 뒤통수를 긁적였다.

"그래, 그래. 너도 다 느끼는 바가 있겠지. 근데 말이야. 이왕이면 이렇게 화내지 말고, 사랑이나 감사 뭐 그런 걸 느껴도 되잖아."

농조를 섞어 말하는 와중에도 이기는 좀비의 움직임을 예의 주시했다. 언제 또 번개처럼 달려들지 몰라. 힐끗 뒤편을 보니 나머지 둘도 공격할 타이밍을 벼르고 있는 듯했다. 셋을 상대하려면 좀 더 빠르게 움직여야 해. 보드를 앞뒤로 살살 굴리며 이기 역시 타이밍을 골랐다. 덤빌 테면 덤벼 보라고.

이윽고 고랑 끝 좀비 둘이 몸을 움직였다.

"뭐야, 분위기 잡는 거야? 나 겁주려고?"

녀석들이 목을 꺾고 팔을 비틀며 천천히 다가왔다. 쓰러져 있는 놈이 일어서면 같이 공격하려는 거겠지. 이걸 본능이라고 봐야 할지 지능이 있다고 봐야 할지는 몰라도, 이기가 다뤄야 하는 상대가 점점 더 만만찮은 맞수가 되어 가고 있다는 점만큼은 분명했다.

"근데 그거 알아? 난 너희랑 싸우고 싶은 생각이 전혀 없어. 나는 싸움꾼이 아니라….”

이기가 밀친 녀석이 몸을 일으켰다. 이제 곧 셋이 합세하여 달려들 것이다.

"난….”

녀석들이 달려든다! 달려들었다!

"난 좀비몰이꾼이라고!"

이기는 날렵히 보드를 굴려 좀비 하나를 제치고 나아갔다. 나머지 둘과 맞닥뜨린 순간엔 한 손을 보드에 짚고 두 다리를 올려들었다. 유연하면서도 정확하고 빠른 몸놀림이었다. 이기가 양발로 나란히 선 좀비 둘의 어깨를 딛고 날아오르는 동안 이기의 보드는 바닥에 착 붙은 채 좀비들의 다리 사이를 매끄럽게 빠져나와 안정적인 착지를 도왔다.

"잘 봤지? 인정할 건 인정하라고. 이 몸이 빼어난 좀비몰이꾼이라는 사실을.”

좀비들이 자리했던 고랑 끝에 멈추어 선 이기가 몸을 돌리고 씩 웃었다. 좀비 셋이 어정쩡한 자세로 한데 모인 모습을 보니 몰이를 제대로 했다는 생각이 들어서였다. 하지만 언제까지 이렇게 힘만 빼고 있을 순 없었다. 저번처럼 뭔가 묶어 둘 게 있으면 좋을 텐데. 더덕밭에 밧줄이 있을 린 없고. 일단 저 녀석들을 따돌리고 도나부터 찾아야겠어.

이기는 좀비들이 태세를 정비하기 전에 냉큼 보드를 굴렸다. 돌진하는 이기를 향해 녀석들이 몸을 떨며 그르렁거렸다. 그대로 간다면 정면충돌이 있을 테지만 이기는 개의치 않았다. 더욱더 속력을 가할 뿐.

"안녕! 잠깐 너네끼리 놀고 있어."

좀비들과 맞부딪히기 직전, 이기가 한 손으로 오른편의 지주대를 잡고 보드와 함께 날아올랐다. 더덕 덩굴 위에서 이기의 몸과 보드가 시원스레 휘돌았다. 이기는 멀거니 자신을 올려다보는 좀비들의 모습을 눈에 담으며 바로 옆 고랑으로 부드럽게 미끄러져 내렸다. 좋았어. 이런 식으로 가자. 도나를 찾을 때까진 이렇게 피해 다니는 게 좋겠어. 그런데 그 순간 이기의 귀가 번쩍했다.

"이기!"

숨찬 도나의 목소리. 꽤 가까이에 있는 듯했다.

"도나! 거기 있어! 내가 갈게!"

이기는 다시 한번 지주대를 잡고 고랑을 뛰어넘을 생각이었다. 설령 옆 고랑에 좀비들이 진을 치고 있다고 해도 기습공격이 가능할 테니까. 하지만 아뿔싸, 기습을 노리는 건 이기만이 아니었다. 이기가 막 지주대에 손을 가져다 댄 순간 등 뒤 덩굴이 뜯기고 무너지는 소리가 났다. 좀 전에 따돌린 녀석들이 밭고랑의 억센 더덕 줄기를 찢어발기고 지주대를 뽑아 든 것이다.

"그거 다 귀신 씐 더덕인데, 그렇게 손댔다가 무슨 화를 입으려고."

귀신이 어쩌고저쩌고 하는 말을 믿지는 않았지만 솔직히 귀신의 힘이라도 빌리고 싶은 심정이었다. 지금 당장 좀비들을 얌전하게 만들 수만 있다면 말이다. 하지만 좀비들이야말로 귀신에 씐 듯 그르렁그르렁 몸을 떨고 있었다. 아까 이기의 밀침에 나뒹굴었던 녀석이 한 손에 든 지주대를 번쩍 들어 올리며 괴성을 지르자 나머지 좀비 둘도 그에 맞춰 소리를 질렀다. 그러자 여기저기서 좀비들이 하나둘씩 울부짖기 시작하는 게 아닌가. 사방의 덩굴들이 더덕밭을 가득 채운 울음소리의 박자에 맞추어 흔들렸다. 마치 이기의 보드가 그러하듯 좀비들의 포효도 바람을 만들어 낼 수 있는 것 같았다.

"오호라, 네가 대장이었어?"

이기는 지주대를 손에 든 녀석을 마주 보고 보드를 발로 채 올려 한 손에 쥐었다. 녀석은 이기보다 키가 훨씬 크다. 그러니 녀석이 지주대로 내리친다면 보드로 막아 볼 심산이었다.

구엑크아아악. 대답을 바라고 한 질문이 아니었는데 녀석이 성심성의껏 응답했다. 가슴을 내밀고 머리를 흔들며 내장이 다 튀어나올 듯이 소리를 질렀다. 그에 맞춰 더덕밭이 또 한 번 흔들렸다. 기다렸다는 듯 다른 좀비들이 뒤따라 울부짖은 것이다.

"알았어, 알았어. 네가 좀비들 대장인 건 인정. 근데 아까 보니까 대장치고는 좀 약하더라?"

녀석의 눈이 새초롬하니 가늘어졌다. 이기의 눈에는 아직도 좀비들의 귀여운 구석이 보였다. 상황이 좋진 않았지만 좀비들의 감정이 느껴지는 것도 흥미로웠다. 좀비몰이꾼을 하면서 늘 좀비들이 무슨 생각을 하는지, 어떤 기분인지 궁금했기 때문일까. 하지만 지금 녀석은 이기에 대한 호감이 전혀 없어 보였다. 만세를 부르듯 팔을 치켜든 녀석이 그악스럽게 지주대를 두 동강 낸 다음 양손에 무기를 장착하듯 부러진 쇠꼬챙이를 틀어쥐었다.

"어어, 야! 야!"

두 개의 쇠꼬챙이가 이기의 머리를 향해 날아들었다. 녀석의 힘을 간파한 이기는 바로 생각을 바꿔 급히 몸을 뒤로 젖히고 아슬아슬하게 공격을 피했다. 보드로 막았다가는 나무로 된 보드 몸체가 성치 않을 터였다. 출렁, 뒤쪽의 덩굴이 이기의 몸을 받아 주었다가 곧장 튕겨 냈다. 이 힘을 이용해야 해. 헛손질하는 바람에 바닥에 쇠꼬챙이를 내려뜨린 녀석이 씩씩댔다. 이기는 덩굴의 탄력에 자신의 힘을 더해 가슴 앞에 가로든 보드를 앞으로 쭉 밀며 박차고 나갔다. 그런데 그 기세에 중심을 잃은 녀석이 뒤로 넘어지려는 순간 기가 막히게도 양옆 뒤편에 서 있던 좀비 둘이 턱, 턱 대장의 등을 받쳐 내는 것이 아닌가.

"제법인데?"

이기는 곧장 대장 녀석의 왼쪽 어깨를 잡고 빙글 몸을 회전시켜 오른쪽 어깨에 올라앉았다가, 그대로 뒤로 넘어가듯 굴러 좀비들의 뒤편으로 착지했다. 녀석들의 등이 들썩였다. 지금까지 이기가 본 바로는 좀비들은 상황을 파악하는 데 시간이 좀 걸리는 듯했다. 일단 상황을 파악하면 놀랄 만큼 빨리 움직이긴 하지만.

녀석들이 몸을 돌리기 전에 서둘러 자리를 떠나는 편이 좋겠어. 이기는 여전히 좀비들과 맞붙고 싶지 않았다. 그런데 갑자기 좀비들도 그런 생각이 들었는지 일제히 고개를 오른쪽으로 홱 돌렸다. 그 몸짓이 얼마나 단호한지 녀석들의 관심이 다른 데로 쏠렸다는 걸 모르려야 모를 수가 없었다.

"이기!"

도나…. 도나다. 드디어 도나를 찾았어! 아니지, 도나가 날 찾아낸 건가. 밭고랑 끝에 서 있는 도나를 본 순간 이기의 마음은 반가움으로 가득 차올랐다. 어쩌다 상황을 이 지경까지 이르게 했는지 따지는 건 나중의 일이었다.

"놈들이 아이를 노려! 미친 듯이 덤벼든다고."

도나의 말이 끝나기가 무섭게 좀비들이 몸을 날렸다. 삽시에 고랑 끝에 닿으리란 것은 자명한 사실. 하지만 그 전에 도나의 채찍이 놈들을 향해 날아들었다. 오른편 한 놈, 왼편 한 놈이 가죽끈에 휘감겨 멀리 팽개쳐졌다. 잘했어, 도나! 얼마 전보다 채찍질이 훨씬 정확하고 강해졌는데? 도나 자신도 그 사실을 인지하고 있는 걸까. 곧바로 더욱 자신만만 의기양양한 채찍질이 가해졌다. 대장 녀석을 향해 휘두른 일격이었다. 그런데….

놈이 막았다. 한 손으로 도나의 채찍을 막아 냈다. 보고도 믿기 힘든 광경이었다. 놈은 우뚝 선 채 어깨 힘으로 팔을 돌려 한 바퀴, 한 바퀴 가죽끈을 감아 들었다. 그때마다 도나의 몸이 꼼짝없이 딸려 왔다.

"봤지, 이기? 얘네가 이런다니까!"

보고도 못 믿을 상황을 함께 나눌 상대를 찾아내 기쁘다는 듯 도나가 외쳤다. 하아, 도나. 네가 그걸 기뻐할 상황이야? 안간힘을 다해 채찍을 부여잡고도 버둥버둥 질질 끌려다니는 신세면서. 더욱이 지금은 그런 한가한 소리나 하고 있을 때가 아니잖아. 이기는 앞으로 끌려 나온 도나의 몸 뒤로 빼꼼히 모습을 드러낸 아이를 보며 바짝 긴장했다. 그릉크아악. 쓰러져 있던 좀비들이 발딱 일어나 격렬하게 몸을 떨었다. 흥분하기는 대장 녀석도 매한가지였다. 녀석은 양어깨를 뒤로 젖힌 채 가슴을 활짝 펴고는 전에 없던 완력을 발휘해 팔을 휘둘렀다. 도나의 몸이 훅 떠오르더니 좀비들의 머리 위를 날아 이기 곁에 떨어져 내렸다.

"아…. 안 돼."

이기와 눈이 마주친 도나의 얼굴에 아뜩한 두려움이 스쳐 지나갔다. 이제 아이 혼자 고랑 끝에 남겨졌으니 녀석들이 아이에게 달려드는 건 시간문제였다. 이기는 곧장 보드를 굴렸다. 이에 질세라 앞서 있던 녀석들도 뛰기 시작했다. 빠르다. 더 빨라졌어. 아이가 가까이 있을수록 능력치가 높아지는구나. 따라잡을 수 있을까…. 무슨 소리야, 따라잡아야지. 그 방법부에 없는걸. 좀비들이 아이를 해치기 위해 최대의 능력치를 발휘한다면 이기는 아이를 지키기 위해 그리할 것이다. 이기가 무릎을 굽히고 자세를 낮춰 공기저항을 줄이자 보드가 바닥을 칼로 가르듯 매서운 속도로 미끄러졌다. 좀비들을 제치니 아이의 얼굴이 눈에 들어왔다. 옥잠화처럼 하얀 얼굴. 햇빛이라고는 찾아볼 수 없는 곳에서 자란 듯 창백하기 그지없는 피부 때문인지 아이는 더욱 겁에 질려 보였다. 괜찮다고 아이를 다독여 주고 싶은 마음이 절로 들었다. 아이를 보드에 태운 다음에 어떻게 해야 할지에 관해선 도통 계산이 서질 않았지만.

그런데 이게 웬일인가. 바로 그 순간, 전혀 생각지도 못한 일이 일어났다. 돌연 옆 고랑에서 누군가가 절뚝이며 튀어나온 것이다!

"이게 다 무슨 소란이야!"

"어, 엄마…?"

이기가 눈을 끔뻑이며 보드 속도를 줄이자, 뒤에서 아이를 감싸안은 엄마 역시 눈을 휘둥그레 뜨고 이기를 바라보았다. 몇 초 사이 엄마의 얼굴에 놀람과 걱정, 안도와 반가움이 물밀듯 몰려들었다.

"이기, 네가 어떻게 여기에…. 괜찮니? 다 괜찮은 거야?"

"아줌마…!"

이기가 대답하려는 찰나 도나가 채찍으로 좀비 하나를 감아 날리며 달려왔다. 엄마의 반응을 보건대 아마 도나는 엄마 몰래 아이를 데리고 나왔을 것이다. 그런데도 혼날 일은 나중에 고민하자는 듯 해발쪽이 엄마를 향해 달려오는 폼이 꼭 반가움에 못 이긴 강아지가 정신없이 꼬리를 흔들어 대는 것처럼 보였다. 엄마는 얕은 한숨을 내쉬며 어깨에 걸친 얇은 뜨개옷으로 아이를 폭 감쌌다.

"말썽도 정도껏 쳐야지, 얘들아…."

엄마가 해탈한 듯 고개를 저었다. 이기는 억울했다. 내가 어떻게 간신히 집에 돌아왔는데, 도나와 쌍으로 사고뭉치 취급을 받다니. 그러면서도 한편으로는 더더욱 머릿속이 복잡해졌다. 이기어겐 엄마 역시 지켜야 할 대상이니까. 이제 어떡하지. 힘이 두 배로 들 텐데. 좀비들을 묶어 두지 않는 이상 어디로 가든 쫓아오겠지. 이기는 이리저리 방법을 궁리하면서 제꺼덕 보드를 멈추고 돌아섰다. 좀비 둘이 코앞에서 씩씩대고 있었다. 일단 이 녀석들부터 어떻게 해야….

"말도 안 돼, 언제 이렇게 다 모여든 거야?"

두 녀석 뒤로 한걸음에 내달려 온 도나의 모습이 보였다. 도나는 울상을 하고서 주변을 돌아보았다.

"이게 도대체… 다 몇이야?"

그제야 이기도 좌우를 살폈다. 도나 말대로 좀비는 셋이 다가 아니었다. 설마설마했는데…. 정말로 섬의 좀비들이 죄 더덕밭으로 몰려든 듯했다. 검붉은 혈관을 팔딱이며 낮고 거친 신음을 내는 좀비들이 어느새 주위를 가득 에워쌌다. 늠들이 오는 길에 짓이겨 쓰러뜨린 덩굴 너머로 돌이킬 수 없이 강가진 더덕밭의 을씨년스러운 풍광이 펼쳐졌다.

"이건 뭐, 귀신 썰 쑥대밭이네."

도나가 몇십이 훌쩍 넘는 좀비들을 휘둘러보며 중얼거렸다.

"농담이 나와?"

"울면서 싸울 순 없잖아. 너도 그러면서."

말이나 못 하면. 이기는 엄마와 아이를 향해 뒷걸음질 치며 나지막이 목소리를 깔았다.

"울면서 싸우든 웃으면서 싸우든, 지금은 집중하라고."

"알았어, 알았어. 일 대 백, 까짓것 해보지. 근데…."
드나가 고개를 갸우뚱했다.
"얘네 왜 공격 안 하니?"
마침 이기도 그 점이 딱 궁금한 참이었다.

도나의 주문

"설마… 아줌마 때문이야?"

도나가 믿기지 않는다는 듯 중얼거렸다. 믿기지 않기로는 이기도 마찬가지였지만, 사실은 도나가 말하기 전에 이미 어느 정도 짐작하고 있었다. 좀비들은 금방이라도 아이를 덮칠 듯 그르렁대면서도 좀처럼 아이에게 가까이 가지 못했다. 분명 이기와 도나 때문은 아닐 터였다. 이기는 엄마가 무슨 설명이라도 해 주길 바라며 엄마를 쳐다보았다.

"아줌마! 얘네 좀 봐요. 얘네, 아줌마한테 겁먹은 거 맞죠?"

너덜너덜한 가슴만 들썩이며 제자리에 못 박힌 듯 서 있는 좀비들 사이를 뚫고 도나가 달려왔다. 양팔로 단단히 아이를 감싼 엄마의 모습에서 무슨 일이 있어도 아이를 지키겠다는 의지가 드러나고 있었다. 아마 누구라도 지금 엄마의 모습을 보면, 엄마가 아이를 혼자 두고 도망가는 일은 절대로 없으리라 생각할 터였다. 그 점만큼은 이기도 동의했다. 엄마는 끝까지 아이를 지킬 것이다. 하지만 엄마의 의지만으로는 안심할 수 없었다. 이기의 눈에 엄마는 금방이라도 찢어질 듯한 얇디얇은 방어막처럼 보일 뿐이었으니까. 이기는 눈을 가늘게 뜨고 미덥지 않은 눈빛을 엄마에게 보냈다. 저 표정 좀 봐. 당최 영문을 모르겠다는 얼굴을 하고 있잖아. 엄마는 멋쩍은 얼굴로 입을 열었다.

"그런 것 같긴… 한데…."

"와, 아줌마 진짜 멋져요!"

어느새 옆에 찰싹 붙어 팔짱을 끼고 매달린 도나를 내려다보는 엄마의 눈빛이 새치름해졌다.

"근데 도나, 아줌마한테 할 말 있지 않니?"

"네…?"

"왜 말도 없이 눈을 데리고 집을 나선 거야? 얼마나 위험할지 알면서!"

눈…. 아이의 이름이겠지. 이기는 보드를 옆구리에 끼고 아이에게 다가갔다. 아이는 냉큼 엄마의 품을 파고들면서도 고개를 돌리거나 시선을 피하지 않았다. 까만 유리알 같은 눈동자. 아이의 시선이 이기의 눈을 파고들 듯했다.

"그게… 적초 캐러 가려고 했죠…. 이기도 없고… 적초도 다 떨어져 가니까…."

기어들어 가는 목소리로 띄엄띄엄 말을 잇는 도나를 향해 이기가 고갯짓으로 아이를 가리키며 물었다.

"엄마가 그걸 물어본 게 아닐 텐데. 적초 캐는 일은 혼자서도 충분히 할 수 있잖아. 도대체 이 꼬맹이를 왜 데리고 나온 거야?"

이기가 힐난조로 따지자 도나는 바로 대답하지 못하고 입술만 달싹였다. 그런데 그 순간 뜻밖의 목소리가 이기를 향해 날아들었다. 작고 어린, 또랑또랑한 목소리였다.

"눈…!"

아이는 희고 짧은 검지손가락을 펴 자신을 가리켰다.

"뭐?"

"눈."

요 꼬맹이가…. 꼬맹이라는 말이 거슬렸나 보지. 이기는 새어 나오는 웃음을 꾹 참아 누르며 말했다.

"그래, 눈. 또 봐서 반갑네. 내 이름은…."

"이기, 저 언니 이름은 이기야. 저번에 널 구해 준 사람, 기억나지?"

도나가 재빨리 상체를 기울여 아이의 얼굴을 마주하고 목소리를 높였다. 어떻게든 화제를 돌려 질책의 시간을 피해 보려는 요량이겠지. 그 수가 훤히 읽히는 행동이었다. 물론 도나는 자신의 수가 읽히든 말든 개의치 않을 것이다. 도나의 해맑은 뻔뻔스러움은 자신이 아무리 막무가내로 굴어도 결국엔 이기가 다 받아 줄 거라는 믿음에 기초한 태도니까.

"자, 봐 봐. 이… 기…!"

마치 아이에게 따라 해 보라는 듯이, 도나의 입술이 과장되게 움직였다. 아이는 말똥말똥 도나의 얼굴을 쳐다보기만 했다.

"이렇게, 입술을 가로로 쫙 찢어서, 이… 기…."

아이는 입을 꽉 다문 채 아무 소리도 내지 않았다. 보다 못한 엄마가 도나의 팔을 잡아끌며 말했다.

"지금 말해야 할 사람은 너지, 도나. 새벽에 깼는데 너희 둘 다 없어져서 얼마나 놀랐는지 아니? 정신없이 찾으러 나왔더니 더덕밭은 또 왜 그리 휘우청대는지…."

도나는 슬쩍 엄마와 이기의 표정을 살피며 마르고 긴 손가락으로 공연히 양미간을 긁적였다.

"아아, 그냥…. 제가 마음이 좀 약하잖아요, 눈이 며칠 동안 집안에 갇혀 지내는 게 보기 안타까워서…. 얼마나 심심하고 답답하겠어요. 잠깐이라도 뛰놀면 좋을 텐데…. 새벽에 아무도 없을 때 같이 나갔다 오면 별 탈 없을 줄 알고…. 해변에 있던 좀비들이 여기까지 쳐들어올 거라고는 생각도 못 했어요."

"도나, 넌 진짜 어쩜 그러냐. 항구에서 그 난리를 겪고도⋯."

이기가 이마를 짚으며 한숨을 내쉬자 도나의 마른 어깨가 축 처졌다. 엄마의 나무람도 모자라 이기까지 타박하고 나서자 금세 기가 죽은 모양이었다. 그 모습을 오도카니 올려다보던 눈이 고사리 같은 손을 뻗어 도나의 손등을 잡았다. 너무 자책하지 말라고 다독이는 듯한, 지켜보는 것만으로도 온기가 느껴지는 접촉이었다.

"힝⋯ 눈, 넌 내 맘 알지? 너한테 섬 구경시켜 주고 싶어서 내가⋯."

아이의 행동에 감격한 도나가 무릎을 꿇고 앉아 눈을 와락 껴안았다. 아이는 도나의 어깨에 손을 올린 채 다시 이기를 향해 시선을 돌렸다. 기분 탓일까. 이기는 아이의 눈빛이 어쩐지 자신을 책망하고 있는 듯 느껴졌다.

"뭐⋯ 내가 뭘 어쨌다고."

무슨 심한 말을 한 것도 아니고. 아, 나만 겨 속 억울하네. 암튼 도나 저 말썽쟁이 때문에⋯. 그런데 도나는 이기의 심경은 안중에도 없다는 듯이 또 천연스럽게 떠들어 댔다.

"그래, 눈. 이기가 잘못한 건 없어. 그러니까 이기를 너무 그렇게 쳐다보지 마. 어쨌든 다 나 때문에 일어난 일이잖아. 널 위하는 내 마음 때문에…."

 못 말린다, 진짜. 능청맞기 이를 데 없는 도나의 모습에 이기는 할 말을 잃고야 말았다. 며칠 만에 보는데 오늘따라 더 얄밉네.

 "도나, 도나…. 딱 거기까지."

 다행히 도나가 이기의 부아를 더 돋우기 전에, 엄마가 고개를 저으며 나섰다.

 "도나 네가 이기 놀리는 걸 좋아하는 줄은 알겠는데, 이제 그만하고…."

 엄마의 나지막한 목소리에 도나가 입술 사이로 혀끝을 내밀어 보이며 생긋 웃었다. 엄마는 그런 도나를 흘겨보고는 천천히 사방을 둘러보며 말했다.

 "당장 닥친 일부터 얘기하자꾸나. 앞으로 어떻게 해야 할지…."

 이기와 도나, 눈의 시선이 엄마를 따라 움직였다. 어느새 열어진 어둠 너머로 난장판이 된 더덕밭의 을씨년스러운 풍경이 더욱 적나라하게 드러났다. 곧 날이 밝으면 마을 사람들이 하나둘씩 더덕밭으로 모일 텐데 이 참혹한 광경을 뭐라 설명해야 한단 말인가. 게다가 망가진 더덕밭보다 더 큰 문제는 따로 있었으니…. 이기는 걱정스러운 눈으로 좀비들을 둘러보았다. 씨근씨근 적막을 울리는 좀비들의 숨소리는 여전히 위협적으로 느껴졌다. 언제 갑자기 미쳐 날뛸지 아무도 모를 일이었다.

이기는 보드를 바닥에 내려놓으며 말했다.

"좀비들을 몰아야 해."

"뭐? 어디로?"

"어디긴 어디야. 항구로 가야지."

다시 이기가 가장 잘하는 일을 할 시간이었다.

◆ ◆ ◆

더덕밭을 원래대로 되돌리는 일은 불가능하니, 해가 뜨기 전에 그나마 시도해 볼 만한 일은 좀비들을 아이와 떼어 놓는 것이었다. 항구의 케이지에 좀비들을 가둬 놓으면 아이를 다시 집으로 데려가 숨길 수 있으리라. 하지만 아이러니하게도 아이를 좀비들로부터 떼어 놓기 위해선 우선 아이를 미끼로 삼아 좀비들을 유인해야 했다.

"자, 자, 어서…!"

보드를 굴려 저만치 앞서가던 이기가 되돌아와 엄마의 팔을 부축하며 재촉했다. 엄마는 아이의 어깨를 감싼 채 절뚝절뚝 앞으로 나아갔다. 좀비들은 아이가 움직일 때마다 귀신에 홀린 듯 걸음을 옮겼다. 아무래도 얘네를 따돌리는 건 어렵겠어. 아이에게서 한시도 눈을 떼지 않고 있잖아. 역시 항구로 유인해서 케이지에 가두는 게 최선이야. 이기의 발걸음에 힘이 실리자 엄마와 눈도 이기의 뜻에 따라 힘을 내어 움직였다. 일행이 이동할 때마다 좀비들은 일정한 거리를 유지하며 따라왔다. 차마 가까이 다가서진 못하겠다는 듯 조심스러운 몸짓이었다. 확실히 뭔가를 두려워하거나 경계하는 거야. 이기는 엄마를 힐끗 쳐다보았다.

"도나 말대로, 엄마 때문인 거 같아."

"그러게. 엄마가 엄청 세다는 걸 좀비들만 알아주는 거 같지? 우리 딸도 인정 안 해 주는데."

엄마가 명랑한 어조로 말했다. 하여튼 심각한 상황에서 농담하는 건 엄마나 도나나 둘이 똑같다.

"지금 그런 말 할 때야? 그리고 내가 언제 엄마더러 약하다고 했어. 그냥 엄마가 아프니까…."

"알아, 알아. 엄마가 쓸데없는 말 했어. 우리 이기 마음 아는데…."

엄마는 어린 나이에 좀비몰이꾼이 된 이기를 늘 마음 아프게 여겼다. 자신의 병 때문에 이기가 너무 일찍 철이 들어 버렸다고 생각해서였다. 하지만 그런 자책감을 눈물과 한탄으로 표현하진 않았다. 엄마에게는 좀 더 어울리는 방법이 있었다. 씩씩한 척하고, 튼튼한 척하고, 혼자서도 뭐든 잘할 수 있는 척하는 것. 어떻게든 이기의 어깨를 가볍게 해 주려는 엄마의 노력을 이기도 모르지 않았다. 하지만 엄마의 노력에도 이기의 어깨는 결코 가벼워지지 않았다.

"알면 됐고. 좀비들이 왜 저러는지 짐작되는 건 없어?"

"음, 그게…."

아이가 엄마의 손을 꼭 붙잡고 엄마를 올려다보았다. 더덕밭을 벗어나서일까, 한층 안정된 듯한 표정이었다. 엄마는 아이의 머리를 쓰다듬으며 뜸을 들였다.

"뭐야, 뭐야. 아줌마 뭐 아는 거 있어요?"

뒤편에서 좀비들을 단속하던 도나가 귀를 쫑긋하며 다가왔다.

"그냥 추측이지. 짐작해 본 거야. 우리 중 나만 가진 뭔가가 좀비들을 겁먹게 한 거라면…."

"그게 뭔데요?"

눈을 동그랗게 뜨고 묻는 도나에게 엄마는 씁쓸한 미소를 지어 보였다. 그리고 천천히 자신의 오른쪽 다리를 향해 시선을 내리깔며 말했다.

"내 다리를 이렇게 만든 병 때문이 아니겠니."

"…적맥인병 때문이라고요? 설마 적맥인병에 걸릴까 봐 무서워서?"

도나가 혼란스러운 표정을 지었다. 그럴 만도 했다. 좀비들이 적맥인병에 걸릴까 봐 몸을 사린다고? 이상해도 너무 이상하지 않은가.

"우리가 모르는 뭔가가 있지 않을까? 평상시엔 날 보고 피한 적이 없는데 갑자기 오늘 이러는 거 보면…. 발작한 순간에만 두려움을 느끼는 건지도…."

이기는 조용히 엄마의 말을 곱씹으며 고개를 끄덕였다. 좀 전에 좀비들과 싸우며 느낀 바가 있기에 엄마의 말이 제법 설득력 있게 다가왔다. 일단 발작이 시작되면 좀비들 안의 뭔가가 깨어나는 것 같아. 그게 욕구든 두려움이든, 발작과 함께 죄 깨어나는 거지.

"적맥인병이 전염병도 아니고…. 알고 보니 순 겁쟁이들이네. 에라, 이 겁보들아!"

엄마 뒤에 바짝 붙어 선 도나가 엄마의 어깨를 주무르며 큰소리를 냈다. 그러자 뒤따라오던 좀비들이 애써 화를 참는 듯 꾹 눌린 신음을 냈다.

"그르렁대면 어쩔 건데? 덤비지도 못하면서, 흥…."

천군만마를 얻은 듯 으스대는 도나를 보니 피식 웃음이 나왔다.

"그러게. 지금 보니 도나 넌 더덕밭에서 날 부를 게 아니라 엄마를 불러야 했네."

"무슨 소리야? 난 언제나 네 이름을 부르는걸."

"응?"

"맛있는 거 먹을 땐 이기도 같이 먹었으면 좋겠다고 부르고, 심심할 때는 이기랑 같이 놀고 싶다고 부르고, 슬프거나 우울할 땐 이기나 왕창 놀려 먹고 기분 전환하고 싶다고 부르고…."

"그래서 좀비들한테 쫓길 때도 내 이름을 불렀다고? 내가 근처에 있는 줄도 몰랐으면서?"

"그건 그냥 주문 같은 거야."

"주문이라니?"

"그런 게 있어. 아무튼 오늘 먹힌 거 보면 이 주문 신통하네."

도나가 눈알을 위로 굴리며 히쭉 웃었다. 엄마가 웃으며 한마디 거들었다.

"그래, 그 주문 참 신통하네."

"그죠? 근데 그래도 아줌마가 최고예요. 봐 봐, 쟤네 다들 눈치만 보는 거. 진짜 신기해."

슬금슬금 따라오는 좀비들을 돌아보며 헤실거리던 도나는 이내 이기를 쳐다보며 말을 이었다.

"아줌마가 이기보다 훨씬 센데! 아아, 맨날 강한 척, 잘난 척하던 사람은 얼마나 창피할까."

"내가 언제!"

"난 그게 누구라고 말 안 했는데 왜 발끈하실까."

도나와 이기가 또 티격태격하자 엄마가 돌연 걸음을 멈췄다. 당연히 뒤편의 좀비들도 일제히 멈추어 섰다. 엄마는 이기와 도나를 번갈아 쳐다보았다. 둘은 입술을 오그리고 눈만 끔뻑거렸다. 허구한 날 티격태격한다고 한 소리 듣겠지. 이기는 여전히 억울했다. 하지만 지금은 입을 다물고 있는 게 나을 것 같았다.

그런데 예상과는 달리, 엄마는 가슴을 쓸어내리며 말했다.

"내 병이 쓸모가 있다니, 참 다행이지 뭐야."

엄마가 꽂힌 말은 따로 있던 모양이다. 아줌마가 최고예요. 아줌마 진짜 세요. 이 말이 엄마의 마음을 건드린 것이다.

"사실, 며칠 동안 눈한테 너무 받기만 하는 거 같아서 미안했거든. 근데 나도 이렇게 보답을…."

"받기만 하다니? 이 꼬맹이한테? 뭘 받았는데?"

엄마는 그에 대한 대답이 조약돌 같은 아이의 손에 있다는 듯 아무 대꾸 없이 아이의 손만 꼭 움켜쥐었다.

"난 알지."

도나가 양쪽 입술 꼬리를 추켜올리고 눈을 찡긋하며 또다시 살살 이기를 약 올렸다. 이기는 어서 말하라고 닦달하는 눈빛으로 도나를 노려보았다. 그런 이기의 모습이 재미있어 더 감상하겠다는 듯, 도나는 주근깨 가득한 양 볼을 씰룩거리며 외려 입을 꾹 다물어 버렸다.

"눈은 특별한 아이야."

엄마가 다시 걸음을 옮기며 말했다. 절뚝거리던 오른다리를 힘겹게 끌면서. 벌써 다리가 무거워지면 안 되는데. 아직 갈 길이 먼데. 해안 도로에 들어서는 이기의 마음이 엄마의 다리처럼 무거웠다. 보드를 타고 전속력으로 달리면 눈 깜짝할 새 항구에 도착하련만 엄마와 아이를 데리고 걷는 해안 도로는 왜 이리 길게만 느껴지는지…. 눈앞이 아득해진 이기는 아이가 들을 줄 알면서도 볼통볼통 속내를 거칠게 드러냈다.

"특별하기야 하겠지. 얼마나 특별하면 이렇게 순하디순한 좀비들을 미쳐 날뛰게 만들고…."

이기가 팔을 크게 휘둘러 가리킨 '순하디순한 좀비들'은 과연 그 표현에 걸맞게 얌전히 이기 일행을 뒤따르고 있었다. 물론 이기도 알고 있었다. 좀비들은 지금, 다만 참고 있을 뿐이라는 사실을. 욕망도 생각도 없이 고분고분했던 예전의 좀비들이 아니라는 사실을.

"이기, 넌 진짜 몰라서 그래. 눈이 얼마나 특별한 아이인데. 지난 며칠 동안 눈 덕분에 아줌마가 얼마나…. 어… 엇… 어라?"

아이를 편들며 주구장창 떠들어 댈 것 같던 도나가 짧은 감탄사를 몇 번 내뱉더니 무뜩 말을 멈추었다. 왜 또, 무슨 일인데. 아연실색한 도나의 시선이 머문 곳을 찾아 이기도 재빨리 시선을 옮겼다. 아…. 왜 하필 지금 여기서 마주친담. 이기의 입에서도 어김없이 탄식이 흘러나왔다.

해안 도로의 한가운데, 바로 도나와 앙숙지간인 얀군이 떡하니 버티고 서 있었다. 얀군을 따르는 테의 아이들도 함께였다. 이젠 이기 역시 얀군을 상대로 한 앙숙 대열에 줄을 선 입장이니, 어느 모로 보나 좋지 않은 상황이었다. 뒤늦게 저 앞 얀군의 존재를 알아챈 엄마가 걸음을 멈추고 물었다.

"설마… 테의 아이들이니?"

새벽의 푸른 공기가 점점 투명해지는 시각, 황금빛과 보랏빛이 뒤섞인 아침놀이 얀군과 테의 아이들을 환히 물들였다. 체형도 체구도 제각각인 다섯의 좀비가 노르스레하고 불그름한 햇살을 뒤집어쓴 채 몸을 흔들어 댔다. 마치 제 몸이 감당하기엔 그 빛이 너무 밝으니 털어 내지 않으면 안 된다는 듯한 몸짓이었다.

"아니 쟤네가 이 시간에 왜…."

헛것을 본 게 아닌가 싶었는지, 도나가 눈을 비볐다. 헛것이면 좋았겠지, 헛것이면…. 이기는 미간에 힘을 주고 상대편을 찬찬히 살펴보았다. 도대체 왜 꼭두새벽부터 좀비들을 데리고 나온 걸까. 좀비몰이를 하기 위해서라면 새벽은 그다지 좋은 시간대가 아니다. 좀비들은 원래 게으르고 느리며 움직이길 싫어하니까.

특히 이렇게 이른 시각이라면 더더욱.

그런데 지금 이게 도대체 무슨 상황인지 가늠하려 애쓰는 건 얀군도 마찬가지인 듯 보였다. 짝다리를 짚은 채 팔짱을 끼고 서 있는 모습은 낱낱이 따져 물어 확실한 꼬투리를 잡겠노라는 매서운 다짐을 내보이고 있었지만, 연신 눈썹을 꿈틀거리고 입술을 옴질옴질하느라 바쁜 얀군의 얼굴은 미처 숨기지 못한 불안감을 그대로 드러내고 있었기 때문이다. 그도 그럴 것이 눈의 존재를 감지한 테의 아이들이 얀군의 등 뒤에서 그르렁그르렁 신음을 높이고 있는 상황이니 아무런 정보도 가지고 있지 않은 얀군으로서는 의심과 경계로 바짝 긴장하지 않을 수 없을 터였다.

"이제 어쩌지."

도나가 이기의 어깨 뒤로 붙어 서며 물었다.

"도나, 잘 들어."

아무 탈 없이 지나갈 수 있을까. 아니, 지금 상황에서 그런 낙관은 순진한 바람밖에는 안 될 것이다. 그렇다면 최후의 방법을 생각해 두어야 했다. 내키지 않고, 후환이 따를 방법이라도 해도….

이기가 조용히 숨을 들이쉬고 말했다.

"어쩌면 한판 붙어야 할지도 몰라."

"…얀군 저 자식이랑?"

도나는 비장하게 고개를 끄덕이는 이기를 묘한 표정으로 바라보다가 풀쑥 아래윗니가 다 보이도록 입을 벌리고 소리 없이 웃었다.
"그거 듣던 중 반가운 소리네."
도나의 눈이 지나치게 반짝거렸다.

진멸인

 얀군이 허리춤에 꽂힌 새총으로 조심스럽게 손을 옮겼다. 넓은 고무줄이 달린 금속 활대가 언제든 활약할 준비가 되어 있다는 듯이 번쩍거렸다. 몇 번인가 이기는 얀군이 새총을 쏘는 모습을 목격한 적이 있다. 어슬렁거리는 좀비들을 향해 새총의 시위를 당기며 키득거리던 어린 시절 얀군의 모습이 아직도 눈에 선했다. 그때의 좀비들에게 지금 같은 성질머리가 있었다면 얀군을 혼쭐내 줬을 텐데. 이기는 안타까운 시선으로 힐끗 좀비들을 쳐다보았다. 눈처럼 작은 아이를 못 잡아먹어서 안달할 게 아니라 진즉 얀군 같은 녀석한테 화를 냈어야지. 하지만 좀비들은 새총에 맞고도 별다른 반응을 보인 적이 없었다. 얀군의 장난에 별 반

응이 없기는 동네 어른들도, 좀비몰이꾼들도 마찬가지였다. 동네 어른들은 얀군을 나무라면서도 얀군의 행동을 어린아이의 장난이라 여겨 크게 꾸짖지 않았고 좀비몰이꾼들 역시 멀찍이 얀군을 쫓아내면서도 좀비들을 지키기 위해 더 나서는 법이 없었다.

그 때문인지 얀군의 장난 아닌 장난은 계속되었고, 해가 지날수록 얀군의 새총도 변화를 거듭했다. 나뭇가지를 대충 잘라 만든 장난감 같던 것이 제법 모양새를 갖춘 무기가 되기까지, 얀군이 얼마나 무수한 노력을 들였는가에 관해선 이미 도나에게 들은 바 있었다. 이기는 못마땅한 표정으로 얀군이 움켜쥔 새총을 뜯어보았다. 몇 번이고 기름칠해 반들반들해진 나무 손잡이가 제법 묵직해 보였다.

사실 얀군은 이제 좀비들을 향해 새총을 겨누지 않는다. 갑자기 좀비들에게 애정이 샘솟아서 괴롭힘을 그만두었다기보다 단지 괴롭힐 대상을 바꾼 듯이 보였다. 얀군이 새총으로 쏜 몽돌은 쇠구슬만큼이나 파괴력이 있었다. 섬 곳곳 느티나무 허리마다 깊숙이 박혀 있는 까만 몽돌들을 보면 알 수 있었다. 이제 좀비들을 상대하기엔 부담스러울 정도의 힘을 애먼 느티나무를 표적으로 삼아 발산하는 것이다. 차라리 바다를 향해 쏘지, 왜 나무들을 괴롭힌담. 하지만 얀군 같은 놈들은 결코 허공에 대고 주먹을 휘두르지 않는 법이다.

"매사 수상쩍단 말이지."

얀군의 얼굴에 짙은 의혹이 드리웠다. 얀군은 양손을 들어 자신의 뒤에 서 있는 좀비들을 가리키며 말을 이었다.

"얘네, 해 뜨기 전부터 하도 그르렁대서 일단 데리고 나왔는데 말이야. 왜 너희를 보고 더…."

크아악. 테의 아이 중 가장 덩치 좋은 좀비 녀석이 얀군의 말을 끊고 한 발을 쿵쿵 굴렀다. 나머지 다섯 좀비들도 거친 숨을 몰아쉬느라 가슴이 들썩거렸다. 하지만 좀처럼 앞으로 나서진 못했다. 이기 엄마의 존재가 녀석들에게도 영향을 미치고 있는 게 분명했다.

"어…. 늘 차분한 우리 탄이 왜 이러실까. 큰누나가 이러니까 동생들도 다들…."

섬의 좀비들에게 이름을 지어 주지 않는 건 불문율이었지만 테의 자식들만큼은 예외였다. 얀군은 테의 맏딸, 탄의 얼굴을 의아한 표정으로 빤히 들여다보다가 홱 고개를 돌렸다.

"가만 보자. 거기… 못 보던 꼬마인데?"

따가운 아침 햇살에 잔뜩 얼굴을 찌푸린 얀군의 시선이 눈에게 꽂혔다. 눈이 흠칫 어깨를 옴츠리는 걸 본 엄마는 본능적으로 눈을 자신의 등 뒤로 숨겼다. 그러자 눈의 움직임에 자극받은 뒤편의 좀비들이 일제히 낮게 그르렁거렸다.

당황한 도나가 서둘러 얀군의 말을 받아쳤다.

"웃기고 있네…! 얀군 네가 마을 사람들 얼굴을 하나하나 꿰고 있다는 말처럼 들리잖아. 쥐뿔 관심도 없으면서."

"관심이 있고 없고, 기억을 하고 못 하고, 이건 서로 다르지. 분명 저 꼬마는 본 기억이…."

고개를 까닥까닥하며 엄마 몸에 가려진 눈을 이리저리 뒤살피던 얀군이 퍼뜩 뭐라도 기억해 낸 듯이 소리쳤다.

"아, 혹시! 저기 저쪽에 가족들 다 적맥인병 걸리고 막내는 원체 몸이 약해서 태어나자마자 쭉 누워 지내며 병치레한다던 그 집 아이인가?"

"…맞아, 그 애! 이제야 기억나나 보지?"

도나가 재빨리 맞장구치며 동조를 구하는 표정으로 이기와 엄마를 번갈아 쳐다보았다.

"어, 어…. 그 집, 맞지…."

"그래, 그렇지…. 얀군이 기억력이 좋긴 좋네!"

이기는 엄마와 함께 도나의 말에 장단을 맞추면서도 내내 얀군을 공격할 기회를 엿보고 있었다. 얀군이 자신의 빼어난 기억력에 흡족해하며 얌전히 자리를 뜬다면 싸움을 피할 수 있을 테지만…. 어째서인지 그런 일은 일어나지 않을 것 같다는 예감이 들었다. 당장 닥친 일부터 어떻게든 해결해 보자는 심정으로 씩씩하게 무리를 이끌고 항구로 향하면서도 한편으로는 결국 아무것도 해결해 내지 못할 거라는 불안감이 이기의 마음 한구석에 도사리고 있던 차였다. 그런데 엎친 데 덮친 격으로 얀군까지 맞닥뜨렸으니 앞으로 어떤 일이 벌어질지 한 치 앞도 예상할 수 없게 되었음은 물론이고, 이보다 훨씬 더 큰 난관에 봉착하고 말리라는 불길한 확신이 이기를 사로잡아 버린 것이다.

그래도 다행히 지형(地形)은 이기에게 유리한 편이었다. 얀군과 이기 사이엔 얕게 패인 둥근 접시 같은, 좌우 대칭을 이룬 완만한 경사가 있었다. 얀군은 그다지 신경 안 쓸지 몰라도, 이기에겐 중요한 이점이었다.

"이걸 받네? 맞긴 뭐가 맞아. 그냥 한번 떠본 건데."

얀군이 왼쪽 입꼬리를 삐뚜름히 치켜올리며 말했다.

"뭐…? 아니, 그게 아니라…. 얘, 진짜 그 집 아이 맞다니까…!"

도나가 다급히 양손을 저으며 나섰지만 도나의 반응을 본 얀군은 자신의 생각에 더욱 확신을 얻은 듯, 오른쪽 입꼬리를 마저 치켜올리며 기분 나쁜 미소를 지었다. 이기는 보드 위에 한 발을 올려놓고 호흡을 골랐다. 항구에 가 봤자 엉망이 된 더덕밭은 되돌릴 수 없을 테고, 얀군이랑 싸워서 이겨 봤자 얀군의 입을 막을 순 없을 것이다. 하지만 그렇다고 해서 그저 손 놓고 있을 수는 없었다. 아무리 앞날이 암울해도 일단은 부딪쳐 봐야 했다.

"뭐야, 벌써 시동 거는 거야?"

제자리에서 보드를 굴리는 이기를 주시하며 얀군이 눈을 번뜩였다. 그렇게 말하는 얀군의 왼손도 이미 바지 주머니 속 몽돌을 고르느라 바빠 보였다. 이기의 옆에 선 도나 역시 침을 꿀깍 삼키며 허옇고 긴 손가락으로 조심스럽게 채찍의 가죽끈을 쓸어내렸다.

"나 아직 물어볼 게 많은데…. 이렇게 이른 시간에 여기서 뭣들 하는 건지, 저 꼬마는 누구인지, 좀비들은 왜 이렇게 그르렁대는지…."

얀군이 손가락으로 몽돌을 비비며 말했다. 새끼손톱만 한, 윤기 나는 몽돌이었다.

"얀군, 그냥 우리 조용히 지나가게 해 줄 생각은 없는 거지?"

도나가 한 손으로 길게 쓸어내린 가죽끈을 휘둘러 찰싹 바닥에 내리치며 물었다. 얀군도 몽돌을 쥔 손을 새총의 고무줄에 달린 짧은 가죽 판에 가져다 대며 대답했다.

"이실직고할 생각이 없으시다면, 도리가 없지."

가죽 판의 구멍에 몽돌을 끼우고 목표를 겨냥해 쏘기까지 걸리는 시간은 매우 짧을 것이다. 이기는 보드 위에 놓인 한 발에 무게를 실으며 생각했다. 과연 얀군은 누구부터 공격할까. 만약 얀군이 전심전력으로 쏜 몽돌에 제대로 맞는다면 타격이 굉장할 터였다. 그러니 무슨 일이 있어도 엄마와 눈을 얀군의 새총으로부터 지켜야 했다.

먼저 움직여야 해. 얀군이 새총으로 누군가를 겨냥하기 전에 내가 먼저 시선을 끌어야 해. 판단을 마친 이기는 주저 없이 보드를 밀었다. 땅을 박차는 쪽의 발바닥이 얼얼허질 정도로 힘차게 도움닫기를 했다. 이를 본 얀군이 코웃음 치며 새총을 쥔 주먹을 내지르듯 앞으로 뻗었다.

"그깟 보드로 뭘 어쩌겠다는 거야."

얀군의 뺨에 팽팽히 당겨진 고무줄이 닿았다. 이기는 더욱 박차를 가해 얀군을 향해 돌진했다. 팍! 고무줄이 튕겼다. 까만 몽돌이 활대 사이 정중앙을 지나 이기를 향해 날아들었다.

그때였다.

"어쩌긴 뭘 어째!"

도나가 쩽쩽한 목소리로 외치며 채찍을 휘두르자 이기의 코앞으로 휙 바람이 일었다. 도나의 채찍이 몽돌을 튕겨 냈다. 이기는 바로 방향을 살짝 틀어 균형을 잡고 잘했다는 의미로 도나에게 씩 웃어 보였다.

의기양양해진 도나가 턱을 한껏 추켜세우고 말했다.

"이기에겐 보드만 있는 게 아니라고. 이기 옆엔 항상 이 몸, 도나 님이 있다는 걸 명심해."

"너, 이…."

얀군이 이를 갈며 다시 새총을 들어 올렸다. 이번 몽돌은 도나를 향한 것이었다. 얀군, 너 진짜 도나를 쏘려고? 내가 그러도록 놔둘 거 같아? 이기는 한 손으로 땅을 짚고 크게 포물선을 그리며 내달렸다. 내리막에서 오르막으로, 이기와 이기의 보드가 날아올랐다. 반면 얀군은 힘껏 시위만 당긴 채로 굳어 있었다. 고무줄이 닿은 얀군의 뺨만이 보일 듯 말 듯 움찔거릴 뿐이었다. 그사이, 이기와 이기의 보드가 칼을 휘두르는 듯한 매서운 기세로 얀군의 새총을 향해 달려들었다.

"꺄아! 잘했어, 이기!"

도나가 용수철 모양으로 가죽끈을 돌리며 환호했다. 이기는 보드 날에 가격당한 얀군의 새총이 멀리 날아가 떨어지는 모습을 눈으로 좇으며 크게 원을 돌아 바닥에 안착했다. 황당한 표정으로 새총이 떨어진 자리만 멀거니 쳐다보던 얀군은 이기와 눈이 마주치자마자 어깨를 떨며 눈을 부라렸다. 그런데 이상하게도, 씩씩대는 얀군의 얼굴에서 적잖은 안도감이 느껴졌다. 혹시 도나를 쏘지 않아 다행이라고 여기는 걸까. 이기는 이내 고개를 가로저었다. 알 게 뭐야, 얀군의 속마음 따위. 내 알 바 아니지. 이기는 그저 얀군이 조용히 길을 비켜 주기만을 바랄 뿐이었다. 새총을 잃은 얀군이 어쩔 수 없다는 듯이 못 이긴 척 물러나 준다면 좋을 텐데⋯. 하지만 얀군은 뜻밖의 반응을 보였다. 순식간에 낯빛이 확 어두워지더니 이기의 등 너머에 시선을 둔 채 입술만 달싹이는 게 아닌가.

"아, 아줌마⋯?"

간신히 입술 밖으로 새어 나온 얀군의 떨리는 목소리에 이기와 도나가 동시에 뒤를 돌아보았다. 휘청휘청 엄마의 몸이 흔들리고 있었다.

"엄마⋯."

폭, 하고 엄마가 앞으로 고꾸라졌다. 도대체 무슨 일이 일어난 건지 생각할 겨를도 없이 이기는 엄마를 향해 전력으로 질주했다.

"아줌마!"

도나도 달렸다. 문제는 좀비들까지 가만있지 않는다는 것이었다. 크아악! 엄마의 손을 놓친 눈을 향해 좀비들이 달려들었다. 모든 일이 눈 깜짝할 사이에 벌어졌다. 자그만한 아이의 머리 위로 우글우글 좀비들이 쏟아져 내리기 일보 직전이었다. 엄마의 상태를 살피기 위해 달리던 도나는 곧장 몸을 비틀어 아이 쪽으로 몸을 던졌다. 눈의 작은 몸이 도나의 품속에 가려졌다. 도나가 곧바로 허리를 굽혀 눈을 감싸 안았지만, 도나에게는 엄마 같은 능력이 없었다. 좀비들은 멈출 생각이 없었다.

"건드리기만 해 봐!"

이기는 이번에도 지형을 십분 이용했다. 이기와 이기의 보드가 도나의 머리 위로 날아올랐다. 드륵드륵, 보드의 바퀴가 좀비들의 가슴과 얼굴을 강타하며 지나가자 좀비들이 휘우뚱거리며 뒤로 물러났다. 이 틈을 타, 앉은 자세로 몸을 돌린 도나가 낮게 채찍을 휘둘렀다. 긴 가죽끈이 지면과 수평을 이루어 펼쳐지면서 좀비들의 발목을 연타했다. 더는 버틸 재간이 없는 좀비들은 그대로 뒤로 나자빠졌다.

"엄마! 엄마, 괜찮아?"

이기는 바로 엄마에게 달려갔다. 엄마는 한 손으로 바닥을 짚고 일어나 앉으려 애쓰는 중이었다.

"괜찮아, 괜찮아. 괜찮으니까 어서 눈을⋯."

엄마의 다른 한 손은 반대편 쇄골 아랫부분을 움켜쥐고 있었다.

"왜 그래. 가슴이 아파? 숨은 잘 쉬어져?"

이기가 엄마의 상태를 확인하는 동안 도나가 엄마 곁으로 눈을 데리고 왔다. 엄마는 눈의 손을 꼭 잡고 말했다.

"무서웠지? 미안해. 다신 놓치지 않을게."

와락, 눈이 엄마에게 안겼다.

"으⋯."

작은 충격에도 통증이 느껴지는 듯, 엄마의 웃음기 어린 눈꼬리에 찔끔 눈물이 묻어났다. 아픔을 참을 때 나오는 표정. 이기가 너무나 잘 아는 표정이었다.

"아줌마, 왜 그래요? 설마…."

도나가 뭔가 짐작되는 바가 있는 듯 사색이 되어 물었다.

"몽돌에 맞은 거예요? 제가 채찍질한 몽돌이 아줌마한테 튄 거죠?"

도나는 금방이라도 울음을 터뜨릴 것만 같았다. 누군가를 지키려고 휘두른 채찍에 애꿎은 사람이 당했으니 그럴 수밖에…. 당황스러움과 죄책감이 뒤섞인 얼굴로 안절부절못하는 도나를 차마 보기 힘들다는 듯이, 엄마가 외려 밝은 목소리로 위로했다.

"괜찮다니까. 이제 아무렇지도 않아. 그냥 잠깐 균형을 잃고 넘어진 거야. 아줌마 엄청나게 센 거 알지? 새총도 별거 아니더라고."

엄마가 허세를 부리는 동안 이기는 엄마의 상처를 살폈다. 멍은 꽤 심하게 들겠지만, 다행히 큰 부상은 아닌 듯 보였다. 이기는 그제야 가슴을 쓸어내리고 좀비들의 동태를 파악했다. 쓰러졌던 좀비들이 하나둘씩 몸을 일으키고 있었다. 저 녀석들, 엄마가 눈의 손을 놓치자마자 달려들었어. 한순간도 방심하면 안 돼. 이기는 긴장감과 불안감이 뒤얽힌 눈빛으로 눈을 바라보았다. 그나

마 아이가 엄마에게 껌딱지처럼 붙어 있으려 들어 다행이라는 생각이 들던 찰나 등 뒤에서 기척이 느껴졌다.

"아, 뭐래. 새총이 별거 아니라니. 아줌마, 내가 한번 제대로 쏘면…."

투덜대는 얀군의 목소리에 엄마와 눈, 도나의 시선이 동시에 이기의 머리 너머로 향했다. 얀군은 양손의 엄지손가락을 허리춤에 꽂고 떡하니 다리를 벌린 채 서서 눈을 내리깔고 말을 이었다.

"내가 제대로 쏘면 큰일 난다고, 다들. 끝장."

분별없이 으스대는 얀군의 태도를 고이 봐줄 리 없는 도나가 벌떡 일어나 소리쳤다.

"지금 그런 말이 나와, 얀군? 아줌마가 이렇게 쓰러져 있는데?"

"왜 나한테 그래? 아줌마가 나 때문에 다친 거야? 난 아줌마를 겨냥한 적이 없다고. 아줌마는 도나 네 채찍질에 쓰러진 거지."

"그, 그건…. 애초에 네가 새총을 쏘지 않았으면…."

"내가 왜? 먼저 달려든 건 너희인데, 난 멍하니 손 놓고 당해야 했나?"

"그치만…. 네가 길을 못 가게 막았으니까…."

"아, 그래. 내가 막았지. 궁금한 게 많다고 했잖아. 물어볼 게 정말 많았는데 말이야. 아, 근데 어쩌지?"

"뭘 어째?"

"이젠 물어볼 필요가 없어져 버렸네."

"뭐?"

"내가 알아 버렸거든."

옥신각신 주고받던 말다툼이 돌연 침묵으로 이어졌다. 침묵에 동참한 이기의 뒷목이 빳빳하게 굳었다. 마른침이 거칠게 목구멍을 타고 내려갔다. 아이의 어깨를 움켜쥔 손이 파르르 떨리는 걸 보니 엄마도 긴장한 듯이 보였다.

"저 꼬마…."

얀군이 자못 심각한 표정을 지으며 눈을 노려보았다.

"…진멸인(殄滅人)이지?"

진멸인. 유혈년 하지, 진즉 좀비들이 다 잡아먹었다고 여겼던 바로 그 바이러스에 감염되지 않은 사람들을 가리키는 말이었다.

"무, 무슨 헛소리야!"

도나가 헛웃음을 터뜨리더니 어이없다는 듯 어깨를 크게 으쓱해 보이곤 휘휘 손을 내저었다.

"진짜 말도 안 되는…. 지금 보니 얀군이 상상력이 풍부하네…. 아니 어떻게 여기 진멸인이…. 그게 가당키나 한…."

도나 딴에는 최선을 다해 연기하고 있는 중이리라. 다만 누가 봐도 연기 중이라는 걸 알도록 연기한다는 게 문제였다.

"아, 시끄러워."

얀군이 귓바퀴를 긁으며 말을 이었다.

'우리 쓸데없이 힘 빼지 말자고. 여기 우리 애들을 좀 봐. 여봐, 여봐. 아직도 분을 주체 못 하네. 아까 우리 순둥이들이 악을 쓰며 내달리는 거 봤어? 난 얘네가 그렇게 혈기 왕성한 모습을 처음 봤다니까? 아주, 사람 하나 잡아먹겠던데?"

얀군이 마지막으로 뱉은 말에 겁을 먹은 듯, 눈이 몸을 돌려 두 팔로 엄마의 목을 감고 매달렸다. 애처로운 눈빛으로 눈을 바라보던 도나와 엄마가 표정을 싹 바꿔 그야말로 얀군을 잡아먹을 듯이 쏘아보았다. 머쓱해진 얀군은 입을 삐죽거리며 꿍얼댔다.

"야, 꼬맹이. 너 겁보야? 좀비 천지인 섬에 던져진 진멸인이 그렇게 겁이 많아서 어떻게 살아남으려고."

그러자 눈이 고개를 홱 돌려 얀군을 쳐다보며 또랑또랑 외쳤다.

"눈!"

"뭐?"

"눈!"

자기 이름 하나는 기가 막히게 챙긴다니까. 여전히 엄마한테 대롱대롱 매달린 채 떨어질 생각도 안 하면서 표정만큼은 어찌나 당돌한지…. 피식, 이기의 입가로 웃음이 새어 나오려는데 갑자기 얀군의 뒤에 무리 지어 서 있던 테의 아이들이 가슴을 위로 쳐들며 그르렁댔다. 눈의 목소리에 반응한 걸까. 다시 겁을 먹은 눈은 입술을 앙다물고 엄마의 어깨에 얼굴을 묻었다.

"눈… 그게 네 이름이야?"

얀군이 눈을 가늘게 뜨며 물었지만 눈은 아무런 반응도 보이지 않았다.

"그 이름, 누가 지어 줬어?"

얀군은 포기하지 않고 눈의 등에 집요한 시선을 던지며 물었다.

"이름 지어 준 사람들, 지금 어디 있어?"

"얀군….'

엄마가 한숨을 내쉬며 얀군의 이름을 불렀다. 아이의 등을 토닥이는 마음과 딱하다는 듯 얀군을 쳐다보는 마음이 어쩐지 크게 달라 보이지 않았다.

"산자 할머니 돌아가시고 나서 우리 집에 와서 지냈으면 좋았잖니. 그러게 왜 테의 요새에 들어가서…."

그 모양이 됐냐. 엄마는 그 말을 하고 싶었을 것이다.

"아, 그 얘기를 지금 왜 해요. 아줌마."

안타까운 표정으로 고개를 젓는 엄마를 향해 얀군이 짜증을 부렸다.

"답답하네, 진짜. 지금 그게 중요한 게 아니잖아요. 도대체 이 섬이 왜 진멸인이 있냐고요. 말이 안 되잖아요."

"말이 안 되긴 뭐가 안 돼? 눈앞에 사람이 떡하니 있는데도 말이 안 된다고 하면 어떡해?"

"도나…. 너랑은 진짜 말이 안 통한다. 이기, 네가 말해 봐. 진멸인이 왜 이 섬에 있지?"

얀군이 손가락으로 관자놀이를 누르며 인상을 찌푸렸다.

"나도 몰라."

"뭐?"

"나도 모른다고. 진짜로 아는 게 없어. 그냥 갑자기 하늘에서 뚝 떨어졌어."

딱히 틀린 말은 아니다. 그렇지 않은가? 천둥 번개가 치던 날 하늘에서 뚝 떨어지듯 눈이 나타났으니까. 게다가 아는 게 없다고 한 말도 전혀 거짓이 아니다. 자기 입으로 말해 주지 않는 이상 아이에게 어떤 사연이 있는지 어떻게 알겠는가.

"이기, 설마 너도 지금이 얼마나 심각한 상황인지 모르는 건 아니겠지? 만약 테가 저 꼬마…."

얀군이 슬쩍 눈의 눈치를 보더니 말을 고쳤다.

"…눈에 관해서 알게 되면 어떻게 할 거 같아? 좀비들을 미쳐 날뛰게 하는 진멸인이 버젓이 섬에 돌아다니게 놔둘 거 같아? 섬도 한바탕 난리가 날걸? 진멸인이 어떻게 갑자기 나타나게 된 건지 알아내려고 싹 다 뒤집어 조사할 텐데. 그렇게 되면, 진멸인을 숨겨 준 사람들이 무사할 수 있을 거 같아? 아마 여기 다….”

"얀군, 네가 무슨 상관이야? 우리가 어찌 되든 말든."

"아, 진짜!"

도나가 콧방귀를 뀌면서 말을 자르자 얀군이 버럭 소리를 지르며 한 발을 쿵쿵 굴렀다. 테의 '큰따님'이 누굴 보고 배웠는지 알겠네. 이기는 팔짱을 끼고 얀군이 무슨 말을 하는지 지켜보기로 했다.

"내가 도나 널 얼마나 감싸 줬는데! 몰 그 자식이 널 더 벌주려고 수작 부릴 때 내가 테한테 얼마나 빌었는지 알아? 이기나 되니까 살아남지, 도나 넌 요새에서 못 버틴다그. 거기선 하루하루 목숨을 걸어야 하는 일이 태반인데 하루가 멀다고 사고 치는 네가 어떻게…. 아오, 진짜! 미쳐 버리겠네! 다! 내가! 널! 살리려고…!"

그때, 얀군 뒤에 서 있던 탄이 난데없이 몸을 떨며 달려들었다.

"뭐야! 왜 이래, 갑자기?"

당황한 얀군이 소리쳤다. 이 상황에서 놀라지 않을 사람이 있을까. 이기는 바로 눈을 향해 고개를 돌렸다. 위험을 직감한 엄마가 본능적으로 눈을 껴안았다. 그런데….

"어?"

탄이 달려든 상대는 눈이 아니었다.

"쟤네, 뭐 하는 거야?"

뒤늦게 채찍을 쳐들고 휘두를 자세를 잡던 도나가 어리둥절한 표정으로 중얼거렸다. 인상을 잔뜩 찌푸린 얀군도 자신이 보고 있는 것을 도무지 믿을 수 없다는 듯이 눈을 비벼 댔다.

"지금 저 둘이… 싸우고 있는 거 맞지?"

이기 역시 황당함이 고스란히 담긴 얼굴로, 서로 뒤엉킨 채 바닥을 뒹구는 좀비 둘에게서 시선을 떼지 못했다. 난생처음으로 보는 장면이었다. 좀비가 좀비를 공격하다니!

얀군이 눈을 곁눈질하며 모두의 머릿속에 떠오른 생각을 대신 내뱉었다.

"아니, 진멸인을 보고 흥분해서 공격하는 건 그렇다고 쳐. 근데 왜 자기들끼리 싸우고 난리야?"

탄과 좀비 무리의 대장 녀석이 힘겨루기를 하는 동안 나머지 좀비들도 언제든지 싸울 준비가 되어 있다는 듯 그르렁대며 모여들었다. 덤빌 테면 덤벼 보라는 것처럼 자기 가슴을 팡팡 때리는 녀석들도 보였다.

"기가 막힌다, 진짜…. 얘네 세력 다툼 하는 거 맞지?"

도나가 어이없다는 듯 고개를 절레절레 저으며 말했다. 이기도 막 같은 생각을 하던 참이었다. 반면에 얀군은 헛웃음만 흘릴 뿐이었다.

"그게 말이 돼? 좀비들이 무슨…."

좀비들의 변화 과정을 제대로 지켜보지 못했으니 그리 생각할 만도 하지. 하지만 이기는 달랐다. 그동안 누구보다 가까이에서 좀비들을 관찰해 오지 않았는가.

"좀비들이 각성했어."

생각을 굳힌 이기가 입을 열었다. 눈이 나타났을 때부터 지금까지, 좀비들의 일거수일투족을 주시했기에 가능한 확신이었다.

"욕망하는 걸 얻기 위해 움직이고 있어."

감염되지 않은 사람들을 모조리 먹어 치운 후 좀비들은 아주 오랜 시간 무욕의 상태에 머물렀다. 하지만 다시 사냥의 대상이 눈앞에 떨어지자 바로 유혈년의 포악한 모습으로 돌아간 것이다.

"그게 어떻게 가능해?"

"내 생각엔 아마도… 눈을 본 순간 각성이 시작된 거 같아."

좀비들이 깨어나고 있다. 다시는 예전 상태로 돌아가지 않겠다는 듯이 눈을 부릅뜨고 있다. 이기는 물끄러미 눈을 바라보았다. 이 놀라운 변화를 일어나게 한 아이. 눈의 영향력은 강렬했다. 저 멀리 테의 요새에 있던 좀비들까지 그의 존재를 알아채게 만들 만큼.

"진멸인 때문에 각성했다고? 그래서 하나밖에 없는, 군침 도는 먹잇감을 두고 싸우는 거라고?"

얀군이 함부로 말하자 도나가 얀군의 등짝을 찰싹 때리고는 눈의 눈치를 살폈다. 눈은 더 이상 얀군에게 얕잡혀 보이지 않으려는 듯이 암팡지게 얀군을 쏘아보았다. 제법이네, 꼬마. 이기의 입술 사이로 웃음이 흘러나왔다.

"아, 좀! 내가 못 할 말 했어?"

얀군은 억울한 표정을 지으며 바락 성질을 냈다.

"애도 알 건 알아야지, 지금 서로 자길 잡아먹겠다고 이 난리를 치는데…."

"얀군!"

엄마가 한발 늦게 눈의 귀를 막고 소리쳤다. '테의 섬 이령'이 눈을 마름모 모양으로 뜨고 쳐다보면 누구든 흠칫하기 마련이다. 얀군도 예외는 아니었다.

"얀군 넌 얼른 가서 우 씨를 찾아 데려오는 게 좋겠다. 여긴 우리가 알아서 하고 있을 테니까."

"네? 우 씨를 왜요?"

"우 씨가 트럭을 몰고 온다면 좀 더 빨리 해변에 도착할 수 있을 거야. 아무래도 내 걸음으로는 해가 중천에 뜰 때까지도 못 가지 싶으니."

엄마의 명령을 들을 얀군은 땅이 꺼지도록 한숨만 내쉬었다. 도대체 내가 왜 그래야 하나 싶어 답답한 심경이 그대로 실린 한숨이었다.

"그치만 트럭을 몰고 나온 걸 들키면…."

도나가 걱정스러운 얼굴로 엄마를 쳐다보았다. 우 씨 아저씨라고 해서 마음대로 트럭을 사용할 수 있는 건 아니었다. 섬에서 멋대로 트럭을 몰 수 있는 자들은 테의 형제들밖에 없었으니까. 우 씨 아저씨에게 운전이 허락된 경우는 배를 관리하는 데 필요한 도구와 자재, 섬 밖으로 운반할 더덕을 나를 때뿐이었다.

테는 섬 내 기름의 양이 유한하다는 이유를 들어 내연기관을 갖춘 이동 수단들을 엄격히 통제해 왔다. 그러니 우 씨 아저씨가 테의 요새에서 몰래 트럭을 끌고 나오는 데 성공한다고 해도 들키는 건 시간문제일 터였다. 들킨 후에 감당해야 할 벌이 과연 감당할 수 있는 정도일지도 미지수이고.

이런저런 상황을 고려해 봤을 때… 우 씨 아저씨를 끌어들였다가 일이 더 커질 가능성이 농후했다. 도나가 이 모든 걸 다 고려해서 말한 것인지는 알 수 없지만 어쨌든 충분히 걱정할 만한 일이었다. 하지만 이기는 내심 다른 걱정을 키우고 있었다.

그때 얀군이 울상을 하고 외쳤다.

"야! 야! 이…! 아오, 아줌마! 여기 좀 봐요. 얘네가 이 난리인데 내가 어떻게 가요!"

철퍼덕. 탄이 기우뚱거리더니 뒤로 주저앉았다. 좀비 무리 대장 녀석의 일격에 당한 것이다. 크아아악. 대장 녀석이 힘을 과시하듯 포효하더니 눈을 향해 고개를 돌렸다. 마치 이제 아이는 자기 것이라 선포하는 것 같았다.

"야, 넌 테의 피를 이어받았는데 저 녀석도 못 이기냐. 에그그, 여기 다친 것 좀 봐. 이거 이거, 마음 놓고 싸우게 둘 일이 아니네."

얀군이 탄의 몸에 난 상처를 살피며 안절부절못했다. 이기도 흘깃 상처를 살폈다. 대장 녀석에게 뜯겨 너덜너덜해진 어깨의 피부 사이로 펄떡펄떡 뛰는 붉은 혈관이 그대로 드러나 보였다. 얀군의 말대로 테가 자신이 낳은 좀비 자식들을 정말로 그토록 끔찍이 여긴다면, 이 정도 부상을 보고 그냥 넘어갈 리가 없을 것이다. 아마 가장 먼저 얀군에게 책임을 묻겠지. 물론 여기 있는 사람들도 화를 면치 못할 테고.

"얀군, 넌 지금 새총도 없잖아. 여기선 아무 도움도 되지 않는다고."

도나가 혀를 차며 말하자 얀군이 발끈했다.

"내가 언제 도움이 되고 싶다고 그랬어?"

"싫으면 말고. 그치만 혹시 알아? 우 씨 아저씨한테 쓸 만한 새총이 있을지."

 얀군의 눈썹이 꿈틀했다. 우 씨 아저씨는 손재주가 남달라 못 만드는 게 없었다. 이기의 보드도, 도나의 채찍도 다 우 씨 아저씨의 손끝에서 탄생한 작품이었다. 아저씨의 집에는 늘 오만가지 작품들이 쌓여 있으니, 어쩌면 어딘가에 얀군의 새총보다도 훨씬 근사한 새총이 숨겨져 있을지도 몰랐다.

 "…있다고 해도 아저씨가 나한테 새총을 주겠어?"

 "그니까 공손하게 굴었어야지, 얀군. 맨날 그렇게 버르장머리 없이 구니까…."

 "아, 됐고. 어차피 지금 이 상황을 설명한들 믿지도 않을 거야. 갑자기 진멸인에, 좀비들 싸움에…. 이걸 누가 믿느냐고. 가뜩이나 내가 하는 말은 들은 척도 안 하는 양반인데."

 "음, 그건 그렇네. 이기가 설명한다면 모를까. 어쩌죠, 아줌마?"

 도나의 질문과 함께 모두의 시선이 엄마에게 모였다. 그런데 뜻밖에도 엄마가 돌연 얼굴을 붉히는 게 아닌가.

 "그게… 설명할 필요 없어. 우 씨도 다 알고 있으니까."

 "응? 어떻게요? 며칠 동안 우 씨 아저씨가 다녀가신 적도 없는데?"

 엄마는 민망한 듯 시선을 저편으로 돌리며 더듬거렸다.

"흠흠, 우리 둘이…. 그… 편지라고 해야 하나…. 아니, 우 씨가 쓰는 건 편지라고 부를 수도 없…. 아무튼 쪽지 같은 걸 서로 교환하는데…."

"뭐야. 언제부터?"

이기가 뚱한 말투로 묻자 엄마가 별것 아니라는 뜻으로 손을 한 번 내저으며 말했다.

"아이, 좀 됐지, 뭐…."

"와, 근데 아줌마. 편지는 어떻게 교환하신 거예요? 아저씨가 그새 비둘기라도 훈련시키셨나?"

"비둘기는 무슨…. 그 더덕밭 근처 산기슭에 이쁜 바위 하나 있잖니. 거기 아래 두면 찾아서 보는 거지."

아닌 척해도, 엄마는 섬사람들의 시선이 부담스러웠을 것이다. 우 씨 아저씨 앞에선 입도 벙긋 못 하던 사람들이 엄마에게는 이러쿵저러쿵 실없는 소리를 던지곤 했으니까. 그나마 엄마의 든든한 방패 같던 산자 할머니가 살아 계실 땐 뒤에서 들릴 듯 말 듯 꿍얼대는 정도였는데, 이젠 예고 없이 집으로 찾아와 두 사람의 관계에 관해 대놓고 충고하는 경우도 있었다. 아저씨가 아무리 밤낮으로 발 벗고 나서 마을 일을 도와도 사람들은 결코 아저씨의 과거 행실을 잊지 않았다.

"뭘 그렇게까지 해? 그냥 서로 오가면 되는 거지."

이기가 부루퉁하게 말하자 도나가 이기의 옆구리를 쿡 찔렀다.

"아줌마, 이기가 뭘 몰라서 그래요. 얼마나 낭만적인데요!"

도나는 가슴 앞에 두 손을 모아 쥐고 엄마를 향해 배시시 웃어 보였다.

"그게… 낭만적이야?"

잠자코 듣고 있던 얀군이 팔짱을 낀 채 고개를 갸웃댔다. 도통 모르겠다는 표정을 짓고 있지만, 한편으로는 당장이라도 편지를 쓸 기세가 느껴지기도 했다. 도나가 놀려 먹기 딱 좋은, 빈틈이 엿보이는 순간이었다.

"왜? 관심 있어? 그럼 간 김에 아저씨한테 편지 쓰는 법도 배워 오든지. 새총도 얻어, 낭만도 찾아, 얼마나 좋아. 왜 냉큼 달려가지 않지, 얀군?"

"간다, 가…."

얀군이 툴툴대며 바지춤을 추썩였다.

"대신 우리 애들 잘 지켜봐야 해! 어디 하나 잘못되면 큰일 난다, 진짜!"

"최선은 다하겠지만 장담은 못 하겠다."

이기가 주변을 둘러보며 말했다. 탄이 쓰러진 후 양쪽 좀비들의 분위기가 심상치 않았다. 상대를 경계하는 맹렬한 눈빛과 언제라도 상대에게 달려들 듯한 기세가 해안 도로를 후끈 달구고 있었다. 한바탕 싸움의 열기가 좀비들의 사기를 한층 더 북돋우는 듯했다.

"그냥 네가 빨리 다녀오는 수밖에 없어. 힘내라, 얀군!"

얄궂은 도나의 응원에 얀군이 멋쩍은 듯 몸을 풀며 뒷걸음질하더니 휙 몸을 돌려 달리기 시작했다. 생각보다 날랜 몸짓이었다.

"얀군, 여전히 빠르네."

도나가 마음이 좀 놓인다는 듯이 말했다.

"자, 이제 우린 우리대로 다시 길을 나서 볼까."

엄마가 눈의 손을 꼭 잡은 채 자리에서 일어섰다. 그러자 눈의 움직임에 자극받은 좀비들이 움찔거렸다. 바닥에 주저앉아 쌕쌕거리던 탄도 천천히 몸을 일으켰고, 그를 중심으로 다시 대형이 완성되었다. 이를 본 대장 녀석이 마치 얼씬도 하지 말라고 경고하듯, 눈을 향해 성큼 한 발을 옮겼다. 엄마와 눈이 동시에 흠칫했다. 이기와 도나도 마찬가지였다. 엄마가 있는 한 좀비들이 눈에게로 달려들 리 없다는 걸 알고는 있지만…. 온몸으로 굶주린 욕망을 표출하는 좀비를 마주 대하는 건 역시 한순간도 안심할 수 없는 일이었다.

"어서 출발하자, 이기."

도나가 이기를 재촉했다. 하지만 이기는 좀비들에게서 쉬이 눈을 떼지 못한 채 머뭇거렸다.

"왜 그래?"

"그게…."

이기가 낮게 한숨을 내쉬며 말을 이었다.

"이젠 잘 모르겠어."

"뭘?"

"계획대로 항구까지 좀비들을 몰이한다고 해도…. 과연…."

이기는 말을 제대로 끝맺지 못한 채 엄마를 쳐다보았다. 엄마는 이기가 무슨 말을 할지 다 알고 있다는 얼굴을 하고 있었다. 하지만 이기를 대신하여 말해 주지는 않을 터였다. 엄마는 항상 그랬다. 이기가 스스로 자기 생각을 설명할 수 있을 때까지 기다리고 또 기다렸다.

"처음엔 좀비들을 케이지에 가두고 눈을 다시 집에 숨기면, 그러니까 좀비들이 눈과 거리를 두고 떨어져 있으면 진정할 거라고 생각했어. 하지만 지금 상황을 보니…. 얘네가 눈의 존재를 점점 더 예민하게 느끼고 있는 데다가 일단 한번 흥분한 좀비들은 좀처럼 진정하지 못하는 거 같아. 항구까지 가는 중에 더 많은 좀비가 몰려들까 봐, 그것도 걱정이고."

"그러네…. 다 가둬 두기엔 케이지도 부족하고."

양 손바닥으로 관자놀이를 지그시 누르며 얼굴을 찡그리는 도나를 향해 이기가 고개를 끄덕여 보였다.

"이제 얘네는 우리가 몰이하던 좀비들이 아니라는 사실을 받아들여야 할 거 같아. 다시 예전처럼 돌아가긴 힘들어 보여. 케이지 안으로 순순히 들어가지도 않을 테고."

"그럼 어떡해? 우리 이제 어떻게 해요, 아줌마?"

도나가 이기와 엄마를 번갈아 바라보았다. 엄마는 이제야 자신이 나설 때가 되었다는 듯이 침착한 표정으로 입을 열었다.

"할 수 있는 일을 해야지."

엄마가 눈과 함께 걸음을 옮겼다. 그 뒤를 좀비들이 따랐다. 멀리서 보면 엄마와 눈을 따르는 추종자들의 움직임처럼 보일 것 같았다. 설마 이들이 아이를 추적하고 사냥하는 포식자 무리라고는 상상도 못 할 테지.

"전진? 우리 그냥 전진하는 거예요, 항구까지?"

"갈 수 있는 데까지 가야지. 세상 끝까지라도."

엄마는 단호했다. 마치 그 누구도 엄마 앞에서는 포식자도 피식자도 될 수 없다고 말하는 듯했다.

"우 씨가 그러더구나. 뭍에 나가 들은 말이 있다고. 진멸인에 대해서 말이야."

"치, 우리한텐 뭍에서 보고 들은 거 한 번도 얘기해 준 적 없으면서….”

 도나가 볼멘소리를 하자 엄마는 도나에게 희미한 미소를 지어 보이고는 나지막이 말을 이었다.

 “저 멀리 서쪽 고허(古墟)에 진멸인들이 모여 산다는 소문이 있다고 했어. 소수의 진멸인들이 숨어 살고 있다고. 우 씨는 그 말을 믿지 않았다는구나. 하긴 누가 그 말을 쉬이 믿을 수 있겠니? 다들 알다시피 그 옛날 유혈년 여름을 겪고 살아남은 이들은 바이러스에 감염된 존재들뿐이지. 좀비들과 우리 적맥인들 말이야. 나머지 사람들은 모두….”

 엄마는 말끝을 흐리며 참담한 표정으로 눈의 머리를 쓰다듬었다. 고개를 들어 말간 눈동자로 엄마를 바라보는 눈을, 이기 역시 엄마와 비슷한 표정을 하고서 지켜볼 수밖에 없었다. 유혈년 여름, 눈과 같은 사람들은 모두 목숨을 보전하지 못했다. 인간 세상을 파멸로 몰아간 바이러스에 면역력이 있음에도 불구하고 살아남지 못한 불운의 존재들. 좀비들은 바이러스에 감염되지 않은 자들을 공격하고 또 공격했다. 마지막 한 명이 숨을 거둘 때까지. 좀비들이 날뛰는 세상에선 면역력이 치명적인 약점이었다.

 그리하여 그들은 이 땅에서 사라졌다. 한때 그들을 어떻게 불렀는지 알 수 없으나 그들의 존재가 피에 씻겨 흔적도 없이 사라지고 나자, 사람들은 그들을 진멸인이라고 불렀다. 좀비들이 모든 욕구를 잃고 몰이하기 쉬운 대상이 된 것은 그때부터였다.

"세상의 끝…. 서쪽 고허…."

이기는 저편 수평선으로 시선을 옮기며 입속말로 중얼거렸다. 엄마는 도대체 무슨 말을 하는 걸까. 설마 존재 여부도 확실치 않은 진멸인들의 비밀 거주지를 찾아가야 한다는 걸까. 다른 곳도 아니고…. 좀비들마저 서식하길 꺼린다는, 소문마저 흉흉한 서쪽 고허로 향해야 한다고?

그때 도나의 낭랑한 목소리가 이기의 귓전을 때렸다.

"앗, 아줌마! 저기 트럭이 보여요!"

해안 도로의 끝, 뭉게뭉게 피어나는 먼지바람에 아침 햇살이 비껴들었다. 이기는 눈을 가늘게 뜨고 뿌연 먼지를 헤치며 달려오는 트럭을 좇았다.

도나가 긴 팔을 흔들며 소리쳤다.

"아저씨! 우 씨 아저씨! 여기예요!"

엄마의 얼굴에 얼핏 안도감이 스쳐 지나갔다. 엄마는 저 트럭으로 세상 끝까지 달릴 수 있다고 생각하는 걸까. 이기는 다시 이 상황이 영 미덥지 않아졌다.

"어떻게 이렇게 빨리 오셨지?"

"앞뒤 안 가리고, 물불 안 가리고 훔쳤을 테니까…."

우 씨 아저씨가 어떻게 했을지는 보나 마나 뻔했다. 앞으로 어떤 일이 벌어질지도 뻔할 뻔 자였다. 하지만 지금 걱정을 품은 사람은 이기밖에 없는 듯했다. 도나도, 엄마도, 그리고 눈까지도 용맹한 기세로 달려오는 트럭에서 눈을 떼지 못한 채 소리 없는 환호를 온몸으로 뿜어내고 있었다.

"우리 애들 잘 지켰냐! 다 잘 있지?"

트럭 오른편 창문으로 얀군이 얼굴을 내밀고서 새 새총을 흔들어 대자 도나가 키득거리며 말했다.

"얀군, 저거 받으려고 어지간히 굽신거렸겠지? 아, 그 모습을 내가 봤어야 하는데."

우 씨 아저씨가 기꺼운 마음으로 얀군에게 새총을 내주었다기보다 아마 다른 선택지가 없었을 것이다. 어떤 일이 벌어질지 알 수 없으니 한 명이라도 더 전력에 보탬에 되어야 한다고 생각했으리라.

"아저씨! 아저씨!"

어느새 지척에 멈추어 선 트럭을 향해 도나가 쪼르르 뛰어갔다.

"아, 뭐야. 나는 안 보여?"

얀군이 트럭에서 뛰어내리며 툴툴거렸지만 도나는 본 척 만 척할 뿐이었다.

"이제 우리 다 살았다! 아줌마, 얼른 타요!"

은전석 쪽 문이 벌컥 열리자마자 도나가 문짝에 대롱대롱 매달려 헤실거렸다. 아까 내가 한 말은 한 귀로 듣고 한 귀로 흘린 건지…. 트럭이 왔다고 신이 나서 촐랑거리는 도나를, 이기는 어찌할 도리 없이 망연히 바라보았다. 매사 어쩜 저렇게 나와 다를까. 열 번 중 다섯 번은 그런 도나에게 매력을 느꼈지만 나머지 다섯 번은 아쉬움을 더 크게 느꼈다. 조금은 자신과 비슷한 면이 있길 바라는 마음 때문이었다.

"이 아이가… 눈입니까."

트럭에서 내려 성큼성큼 엄마에게 다가간 우 씨 아저씨가 눈을 향해 시선을 낮추고 물었다. 엄마는 눈의 어깨를 어루만지며 가만히 고개를 끄덕였다.

"걱정보다 훨씬 빨리 일이 진행되었군요."

아저씨가 근심 어린 표정으로 말했다. 굵은 목소리가 동굴 속에서 들려오는 것처럼 울려 퍼졌다.

"지금부터 더 빨라질 거예요."

엄마가 비장한 표정으로 대답하자 이번엔 아저씨가 가만히 고개를 끄덕였다. 이기는 두 사람 사이에 오가는 무언의 대화를 해석하려 애썼다. 하지만 짐작 가는 바가 생길수록 막연한 두려움만 더욱 커졌다.

황포한 본성

"빨리 가요, 아저씨…. 아줌마, 눈 데리고 먼저 차에 타세요."

도나의 재촉에 엄마가 눈의 어깨를 감싸 쥐고 절뚝이며 트럭으로 향했다. 좀비들이 눈의 움직임에 예민하게 반응하며 그르렁거리자 우 씨 아저씨는 자못 놀란 듯한 표정을 숨기려 눈살에 힘을 주고 좀비들을 노려보았다. 엄마에게 들은 바 있다고 해도 각성한 좀비들을 마주한 건 처음이니 내심 놀라지 않을 수 없으리라. 하지만 그렇다 해도 우 씨 아저씨의 단단한 가슴은 어떤 창으로도 뚫을 수 없는 방패처럼 듬직해 보였다. 이기는 회색 머리칼을 날리며 우뚝 서 있는 아저씨를, 엄마를 보던 것과는 전혀 다른 눈빛으로 바라보았다. 그래, 아저씨는 무슨 생각이 있을 거야. 아저씨라면 우리를 지켜 줄 수 있을지도 몰라. 엄마와 도나처럼 아저씨의 등장에 마냥 환호하진 못해도 이기 역시 안도감을 느끼기는 마찬가지였다. 지금껏 감당해야 했던 통솔자의 역할을 더는 홀로 떠맡지 않아도 된다고 생각하니 마음이 더없이 가벼워졌음은 물론이고.

"어허! 저리 가, 저리! 휘이 휘이!"

테의 아이들이 무사한지 살피던 얀군이 다른 좀비들이 가까이 오지 못하게 손을 내둘렀지만 좀비들은 아랑곳하지 않고 걸음을 옮겼다. 오직 눈의 뒤를 쫓는 일에만 몰두한 듯했다.

"얀군, 넌 안 타?"

이기를 따라 트럭의 짐칸에 올라탄 도나가 얀군을 향해 물었다.

"얘네를 두고 내가 어딜 가. 다시 몰아서 집까지 안전하게 모셔야지."

"야, 너 지금까지 뭘 본 거야? 얀군 네가 몬다고 좀비들이 고분고분히 집으로 돌아갈 거 같아?"

도나가 답답해하며 외쳤지만 얀군은 시끄럽다는 듯이 손가락으로 귓바퀴를 긁으며 대꾸했다.

"어쨌든 난 우리 애들이랑 같이 있을 거야. 너야말로 얼른 그 꼬맹이…. 아니, 눈… 암튼 걔 데리고 멀리 사라지라고. 그래야 좀비들이 좀 얌전해지지."

"아니, 그래도…."

"거, 우 씨 아저씨! 전속력으로 달려요. 좀비들 못 따라가게, 응?"

얀군이 목청을 높였다. 아무래도 얀군의 마음을 돌리긴 어려울 듯했다. 우 씨 아저씨는 애초에 얀군을 태울 생각이 없었다는 듯 뚝뚝하게 핸들을 꺾었다. 덜커덩하고 트럭이 방향을 바꾸자마자 어김없이 좀비들이 반응하기 시작했다. 들썩들썩 몸을 떠는 좀비들 사이로 대장 녀석의 포효가 울려 퍼졌다. 하나둘씩 울부짖는 소리가 더해지자, 테의 아이들도 거친 소리를 내며 몸을 흔들었다. 그 모습을 본 얀군이 다시 재촉했다.

"빨리 가요, 빨리!"

트럭이 부아앙 속력을 내자 풀풀 날아오른 먼지바람이 이기와 도나의 머리카락을 마구잡이로 흐트러뜨렸다. 도나가 선 채로 중심을 잡고 얕은 기침을 내뱉으며 말했다.

"와, 트럭 타는 거 엄청 재미있는데? 이렇게 좋은 걸 테랑 테의 수족들만 타고 있었어…."

바람을 가르고 질주하는 기분이 끝내준다는 듯 황홀한 표정으로 중얼거리는 도나를 보자 이기는 살짝 심통이 났다. 흥, 내 보드에 태워 줬던 건 새까맣게 잊어버렸나 보네. 보드 위에서 만끽하는 바람이야말로 최고의 바람 아닌가. 떨거덕대는 쇳덩이에 몸을 싣고 맞대는 느낌과는 비교도 할 수 없을 정도로 매끄럽고 시원한 바람. 이기는 트럭이 일으키는 뿌연 바람이 영 마뜩잖아 연신 눈을 비벼 댔다. 그런데….

"어…?"

깜빡깜빡 눈을 떴다 감았다 하며 흐려진 시야를 선명하게 만들려 애쓰는 이기에게 도나가 물었다.

"왜 그래?"

"저기…."

도나는 이기의 시선이 향한 쪽으로 고개를 돌리고는 한숨을 폭 내쉬었다.

"지긋지긋하다, 진짜…."

도나 말대로, 정말이지 지긋지긋했다. 이기와 도나의 시선에 들어온 건 트럭을 따라잡을 기세로 맹렬히 달려오는 좀비 무리의 대장 녀석이었다. 저만치 뒤로 다른 좀비들의 모습도 보였다. 도나가 운전석을 향해 소리쳤다.

"아저씨! 더 빨리 달려요! 이러다 따라잡히겠어요!"

조수석 차창 밖으로 얼굴을 내민 채 걱정스러운 듯 뒤를 돌아보는 엄마에게서 시선을 거두고, 이기는 트럭 짐칸의 뒤편으로 몸을 옮겨 좀비의 표정을 읽는 데 집중했다. 예전엔 좀비들이 무슨 생각을 하는지 도통 알 수가 없었지만 이제는 상황이 달라지지 않았는가. 감정이 있는 존재들은 표정으로 느끼는 바를 드러내게 마련이다. 이기는 머리를 굴렸다. 만약 좀비들이 그저 눈을 쫓아오는 것이라면 큰 문제는 안 된다. 따라올 거면 차라리 되도록 빨리 항구로 따라오는 편이 나으리라. 그만큼 빠르게 수습할 수 있을 테니까. 좀비들을 케이지에 몰아넣는 방법이야 그때 가서 생각해 본다 해도 말이다. 하지만 눈을 뒤쫓기만 하는 데 만족하지 못한 좀비들이 다른 방법을 생각해 낸 거라면….

"표정이 달라졌어."

"뭐?"

"그냥 쫓아오는 게 아니야."

도나가 이기 옆으로 몸을 옮기며 물었다.

"그럼? 설마 아줌마가 있는데 눈을 덮치기야 하겠어?"

"내 생각엔…."

아직 그 정도는 아닐 거야, 아직은…. 이기는 무서운 속도로 바짝 추격해 오는 좀비에게서 시선을 떼지 못하고 이어 말했다.

"트럭을 멈추게 하려는 것 같아."

도나의 눈이 커졌다. 이기의 말에 놀란 탓도 있지만… 그보다는 뒤따라오던 좀비 무리의 대장 녀석이 마침 트럭의 뒤꽁무니를 향해 펄쩍 날아올라서였다. 헤엄치듯 팔다리를 휘저으며 날아드는 좀비의 박력에 놀란 이기와 도나는 흠칫 몸을 뒤로 기울였다. 포물선을 그리며 절커덕 아래로 떨어진 녀석은 트럭 짐칸에 안착하지 못하고 부딪혀 튕겨져 나갔다. 이기는 좀비가 추락하는 반대 방향으로 뎅거덩 떨어져 날아가는 좀비의 몸 한 조각을 멀거니 눈으로 좇았다. 트럭에 부딪힌 충격으로 잘려 나간 대장 녀석의 왼팔이었다. 이윽고 구에에엑 하는 녀석의 비명이 들렸다.

"다시 덤빌 거야."

이기는 녀석이 금세 또 달려들 거라고 예상했다. 녀석의 비명이 통증에서 기인한 게 아니라 분한 마음에서 비롯한 것처럼 들렸기 때문이다. 이기의 말을 증명이라도 하듯 대장 녀석이 곧장 몸을 일으켰다. 순식간에 따라붙어 트럭을 덮칠 기세였다.

"또 오기만 해 봐."

도나가 허리춤에서 채찍을 뽑아 들며 잔뜩 인상을 찌푸렸다. 좀비들이 어떻게 나올지 알 수 없어 바짝 긴장한 것 같았다. 그런데 그 순간, 아직 더 놀랄 일이 남아 있다는 듯 대장 녀석의 어깨를 치고 나오며 트럭을 쫓는 좀비가 있었으니… 바로 탄이었다.

"저건 또 뭐야…. 죄 엉덩이를 때려 줄 테다!"

이기가 '역시 테의 맏딸답게 근성이 있군.' 하고 생각하던 차, 도나가 채찍을 쥔 손에 더욱 힘을 주며 짜증을 냈다. 대장 녀석도 이기가 탄에게 감탄할 틈을 주지 않겠다는 듯이 그르렁거리며 탄을 밀치고 다시 앞서 달렸다. 둘은 엎치락뒤치락하며 트럭을 향해 돌진했다.

"어? 어…."

대장 녀석과 탄은 각각 트럭의 양옆으로 달려 나가 트럭의 몸체를 잡고 몸을 뒤로 기울였다. 바닥과의 마찰로 발이 짓이겨져도 전혀 포기할 생각이 없어 보였다. 심지어 대장 녀석은 한쪽 팔이 절단되었는데도 전보다 더욱 힘이 넘쳐 나는 듯하니 그저 놀라울 뿐이었다.

"그만해! 그만 좀 하라고!"

트럭에 매달린 채 괴성을 질러 대는 좀비들을 겁주려고 도나가 찰싹찰싹 채찍을 휘둘렀지만 헛수고였다. 도나도 좀비들이 고작 그 정도로 겁먹으리라고는 생각하지 않았을 것이다. 하지만 겁주기에 그치지 않고 전력을 다해 채찍을 휘두른다면 좀비들이 크게 다칠 게 뻔하니 이러지도 저러지도 못할 수밖에.

"아…. 적당한 각도가 안 나오네. 채찍으로 감아서 날려 보내면 딱인데."

채찍을 들고 이리저리 방향을 가늠해 보던 도나의 얼굴이 어두워졌다. 트럭을 몰고 나타난 우 씨 아저씨를 반기며 환호로 가득했던 그 얼굴이 어느새 실망과 절망으로 얼룩져 있었다.

"이대로는 아무것도…."

도나의 목소리에서 무력감과 울화가 동시에 느껴졌다. 그런 도나의 모습을 그냥 보고만 있을 수 없던 이기는 무언가 결심한 듯이 트럭 밖으로 몸을 숙여 탄의 손목을 움켜쥐고 말했다.

"같이 가자. 그 수밖에 없겠어."

내가 남아서 시간을 벌어야겠어. 좀비들이 트럭을 따라잡는 속도를 늦춰야겠어. 안 그러면 좀비들에게 포위되어 오도 가도 못하는 신세가 되고 말 거야. 이기는 탄과 함께 바닥으로 나가떨어질 작정을 하고서 양손에 더욱 힘을 주었다.

"이기!"

그때 이기의 의도를 읽은 도나가 채찍을 높게 처올리며 외쳤다. 도나의 목소리에서 심상치 않은 느낌을 받은 이기가 고개를 꺾어 도나를 올려다보았다. 번쩍 치켜든 도나의 팔뚝 위로 붉은 혈관이 선명히 솟아올랐다. 이기는 꿀꺽 침을 삼켰다. 미친 듯이 꿈틀거리는 붉은 혈관…. 적맥인이 흥분할 때 나타나는 신체적 징후였다.

"이기, 그럴 필요 없어. 그래 봤자 소용없어! 비켜, 내가 할게!"

도나의 혈관이 구렁이처럼 이리저리 구부러지고 파도처럼 굽이져 움직였다.

"갑자기 왜 그래, 도나! 진정해!"

적맥인의 황포한 본성은 예고 없이 터지게 마련이다. 하지만 아무리 그렇다고 해도 보통은 심각한 수준의 위기나 압박감이 있어야 폭발하는 법인데….

"다 날려 버릴 거야!"

도나는 자신의 상태를 감당할 수 없다는 듯 두 눈을 질끈 감았다. 아마도 그동안 내색하지 않은 감정들이 한꺼번에 요동치는 듯했다. 늘 씩씩해 보였지만 사실 도나 너도 무척 두렵고 무서웠구나. 예측할 수 없는 상황이 연달아 벌어졌으니 긴장감이 극에 달할 만도 하지.

"안 돼, 도나. 이런다고 해결되지 않아."

일단 흥분이 시작되면 공포감은 깨끗이 사라지고 혼란과 분노만이 남는다. 도나는 그 과정을 통과하고 있었다. 만약 도나가 힘 조절에 실패한 채로 채찍을 휘두르면 사람이든 좀비든 두 동강이 나고 말 터였다.

"왜 안 돼? 더 이상 우리가 몰 수 있는 좀비들도 아닌데!"

지금은 좀비들도, 테와 테의 무리도 다 무찌를 수 있을 것 같겠지. 네가 세상에서 제일 강한 듯 느껴지고, 너의 힘을 마음껏 휘둘러야만 마음속 불길이 사그라들 것 같겠지. 나도 다 이해해, 전부 다….

하지만 지금은 이런 말을 차분히 전할 만한 상황이 아니었다.

"도나, 방법을 찾을 거야. 내가 찾을게, 꼭."

"…어떻게?"

흔들리는 도나의 눈빛에서 실낱같은 희망을 느낀 이기는 바로 말을 덧붙였다.

"내가 어떻게든 찾아낼게. 나 알잖아. 지금까지 어떻게 헤쳐 왔는지 다 봤잖아. 이번에도 반드시 방법을…. 헉!"

아… 도나를 진정시켜야 하는데. 이기는 말을 끝맺지도 못하고 속절없이 트럭 밖으로 끌려갔다. 이기가 도나에게 정신 팔린 틈을 노린 탄이 이기에게 잡힌 자신의 팔을 기습적으로 확 끌어당긴 탓이었다.

"이것 봐! 나 더는 못 참아!"

내가 손을 놓으면 돼, 도나! 내가 좀비를 붙든 손을 놔 버릴 거라고! 하지만 흥분한 도나는 이기가 좀비의 팔을 쥔 손을 놓기도 전에 벼락처럼 채찍을 내리꽂았다.

"어엇…!"

이기는 다급히 손을 거뒀다. 아슬아슬하게, 도나의 채찍이 이기의 손끝을 스쳐 지나갔다. 뒤로 나자빠진 이기의 등골에 서늘한 기운이 흘러내렸다. 하마터면 큰일 날 뻔했다. 도나의 채찍에 손목이 날아갈 뻔했어. 나는 간신히 화를 모면했지만 탄은 영락없이 이제 곧….

하지만 이기의 짐작은 보기 좋게 틀렸다. 수직으로 바람을 가른 채찍이 좀비의 정수리에 닿으려던 순간, 어디선가 날카롭게 날아든 몽돌이 채찍의 가죽끈을 강타한 것이다. 휘우뚱 방향을 잃고 나부끼는 채찍을 간신히 고쳐 잡은 도나가 몽돌이 날아온 곳으로 시선을 옮기고는 입술을 달싹였다.

"어… 얀군…?"

이기도 도나의 시선을 따라 고개를 돌렸다.

"우리 애들 다치면 안 된다고 했지!"

저 멀리 새총을 번쩍 쳐들고 헐떡이면서 달려오는 얀군을 보며 이기는 그제야 가슴을 쓸어내렸다. 만약 도나가 탄을 두 동강 냈다면 그야말로 절단을 내는 바람에 결딴이 나는 지경에 이르렀으리라. 맏딸이 공격당했다는 사실을 안다면 테가 가만히 있을 리 없으니까. 영영 돌이킬 수 없는 파국으로 치달을 뻔한 상황을 막은 건 테를 향한 얀군의 충심이었다. 아니면 얀군의 빠른 발이든지.

그렇게 이기가 안도하고 있을 때, 아직 안심은 이르다는 듯 별안간 도나의 뒤편에서 검은 그림자가 날아들었다.

"도나! 조심해!"

흥분의 소강상태에 접어든 도나가 얼이 나간 얼굴로 뒤를 돌아보았다. 그웨웩! 좀비 무리의 대장 녀석이 가슴을 펴 들고 가래 끓는 소리를 지르다가 한 손으로 도나의 몸통을 움켜잡고 번쩍

머리 위로 들어 올렸다.

'악!'

놈이 가차 없이 도나를 집어던졌다. 이기는 도나가 날아간 방향으로 몸을 던지고 팔을 쭉 뻗었다. 번개처럼 움직인 덕에 이기의 두 팔 안으로 도나의 몸이 쏙 들어왔다.

"이기…!"

두 사람이 함께 땅으로 떨어지기 전, 이기는 도나의 등에 보드를 받쳐 주고 저편으로 나동그라졌다. 데굴데굴 바닥을 구르면서도 이기의 시선은 트럭이 달리는 반대 방향으로 미끄러져 가는, 도나를 실은 보드를 좇고 있었다.

"이기!"

보드의 속도가 줄기도 전에 바닥을 짚느라 만신창이가 된 손바닥을 내뻗으며 도나가 달려왔다. 반대편에선 엄마와 눈, 우 씨 아저씨가 탄 트럭이 이기가 떨어진 쪽을 향해 맹렬히 후진하고 있었다. 그 누구도 이기를 혼자 두고 갈 생각이 없어 보였다. 이기는 끙 소리를 내며 일어나 무릎을 꿇고 앉았다. 오른쪽 어깨가 욱신욱신 쑤시고 화끈거렸다. 바닥에 떨어질 때 상처를 입은 듯했다.

"이기, 괜찮아?"

헐레벌떡 달려온 도나가 펄썩 주저앉으며 물었다. 이기는 도나의 손을 힐끗 쳐다보며 말을 돌렸다.

"손바닥 봐라, 기껏 안전하게 떨어뜨려 줬더니 손바닥 피부 다 벗겨졌네."

"힝, 이까짓 거 하나도 안 아파. 너는? 이기 넌 괜찮아? 안 괜찮지? 엄청 아프겠지…."

도나가 울상을 하고 이기의 어깨를 살필 때 이기는 도나의 팔뚝을 살폈다. 피부를 뚫고 나올 듯 세차게 날뛰던 혈관들이 가라앉아 여느 때처럼 봉긋 도드라진 존재감만 자랑하고 있었다. 이기가 안도의 한숨을 내쉬며 말했다.

"나도 하나도 안 아파. 이만하길 다행이지, 아까 네 채찍에 맞았으면 어쩔 뻔했어. 손목이 뎅강 잘려 나갔을걸."

"미안해…. 나도 모르게 갑자기 속에서 뭔가가 확 터져 오르는 바람에…."

한껏 농조를 실은 이기의 말을 받아치지도 못하고 도나는 잔뜩 풀이 죽은 채 울먹였다. 당황한 이기가 도나를 다독였다.

"괜찮아, 괜찮아."

"괜찮긴 뭐가 괜찮아. 진짜 나 때문에 다쳤으면 어쩔 뻔했어. 난 널 해칠 뻔했는데, 도대체 왜 날 위해 몸을 던진 거야?"

도나가 손등으로 눈물을 훔치며 물었다.

"예전에 나도 엄청나게 흥분해서 널 다치게 할 뻔한 적 있잖

아. 기억 안 나?"

어릴 적 일이지만 이기는 똑똑히 기억하고 있었다. 도나는 이기에게 잘해 주었던 일들을 쉽게 까먹어 버리니 기억 못 할 수도 있지만. 이기는 입가에 미소를 머금고 말을 이었다.

"그때 도나 네가 용기 내어 내 손을 잡아 주지 않았다면… 나야말로 나중에 크게 후회했을 거야."

어린애라고 얕보고 이기 앞에서 엄마에 대한 험담을 늘어놓던 사람들…. 그들 앞에서 작고 사나운 괴물로 변할 뻔했던 이기를, 겁도 없이 품에 꼭 안아 준 사람이 바로 도나였다.

"…내가 그랬어?"

여전히 훌쩍대며, 도나가 웅얼거렸다.

"그럼, 그랬지. 그러니까 오늘 내가 빚 청산한 거야. 이제 뚝, 그만 울어."

이기가 모처럼 상냥한 마음으로 도나를 달래는 사이, 우 씨 아저씨가 모는 트럭도 지척에 와 닿았다. 끼익, 트럭이 급정거하자 용케 지금까지 트럭에 매달려 있던 탄이 잔뜩 뿔이 난 듯 괴성을 지르며 조수석 문짝을 잡고 흔들어 댔다. 그 모습을 본 이기는 자리에서 벌떡 일어나 보드를 찾았다.

"어, 맞다…. 내 보드."

이기가 고개를 돌려 아까 도나가 착지한 부근을 눈으로 훑었다. 그 사이 도나가 한 발을 앞으로 내디디며 외쳤다.

"일단 내가 막을게!"

양 볼에 눈물 자국이 덕지덕지 남은 채로, 도나가 부드럽게 채찍을 내두르자 가죽끈이 순식간에 휘휘 좀비의 허리를 감았다. 도나는 좀비가 가죽끈을 잡아당기기 전에 잽싸게 팔을 휘둘러 좀비의 몸을 저편으로 날려 보냈다. 좀비들의 완력을 경험하며 터득한 요령이었다. 뿌듯해하는 도나를 향해 이기가 엄지손가락을 치켜들려는 순간, 불만을 가득 실은 익숙한 목소리가 뒤통수를 때렸다.

"야! 도나, 너…!"

얀군이 헉헉 숨을 몰아쉬며 도나를 노려보았다. 한 손엔 이기의 보드를 들고서.

맹랑한 기세

"도나, 너 진짜 이러기야? 방금 너, 테의 아이를 던졌다고!"

얀군이 황당함과 두려움이 섞인 표정으로 소리치자 도나가 지지 않고 응수했다.

"트럭을 부술 기세인데 그럼 나보고 어떡하라고? 얀군 네가 빨리 왔으면 이런 일도 없었을 거 아니야. 흥, 그래도 발 하나는 빠른 줄 알았는데 지금 보니 좀비들보다 훨씬 느리네."

"아니거든? 원래 내가 훨씬 빠르거든? 오늘은 달리다가 발목을 접질리는 바람에…."

그러고 보니 짝다리를 짚고 선 얀군의 자세가 어딘지 모르게 어정쩡해 보였다. 왼쪽 발목을 다친 듯했다. 점점 부상자가 많아

진다는 건 좋지 않은 징조다. 이기는 욱신거리는 어깨를 주무르며 얀군의 상태를 살폈다. 그런데 이기보다 더 적극적으로 나서서 얀군의 발목을 걱정하는 사람이 있었으니….

"뭐? 다쳤다고? 어디 봐 봐."

도나가 콩콩 얀군에게 다가섰다. 시종일관 얀군에게 맞서던 도나는 어디로 가 버렸는지…. 도나는 근심 가득한 얼굴로 한쪽 무릎을 꿇고 앉아 얀군의 발목을 콕콕 찔러 댔다.

"아야!"

"뭐야, 그렇게 아파? 그럼 보통 접질린 게 아닌가 본데."

"흠흠."

도나가 자신의 발목을 이리저리 뒤살펴 보는 게 민망했는지 헛기침을 하며 딴청을 피우던 얀군이 슬쩍 도나의 손바닥을 쳐다보며 물었다.

"근데 너, 손바닥은 왜 그래?"

"이거? 좀 쓸렸지, 뭐."

"그게 좀 쓸린 거야? 살가죽이 다 벗겨졌는걸."

얀군은 한숨을 푹 쉬며 주저 없이 자신의 윗옷 끝단을 길게 찢어 냈다. 그리고 도나의 손을 가까이 잡아끌더니 찢어 낸 천으로 도나의 손바닥을 칭칭 감기 시작했다.

"아, 뭐야…."

"일단은 이렇게라도 해. 그래야 채찍 줄 때 덜 아프지."

웬일로 얌전히 있네. 얀군이 하는 대로 내버려두는 도나라니…. 이기가 도나의 모습에 낯설어하고 있을 때, 뒤편에서 엄마의 목소리가 들렸다.

"다들 몸이 성한 데가 없잖아…!"

트럭 짐칸에 우뚝 서서 그르렁거리는 대장 좀비를 곁눈질하며 눈의 손을 꼭 잡고 절뚝절뚝 다가오는 엄마의 낯빛이 몹시 어두웠다. 속이 상할 대로 상해 보였고, 금방이라도 흐느껴 울 것처럼 보였다. 하지만 정말로 울지는 않았다. 외려 씩씩한 체했다. 엄마는 이기의 어깨를 만지며 부상의 정도를 가늠하는 동시에 틈틈이 시선을 옮겨 도나와 얀군의 상태를 확인했다. 이기 역시 엄마를 안심시키려고 일부러 팔을 들어 빙빙 돌리며 괜찮은 시늉을 하면서도 계속해서 트럭 짐칸을 눈여겨보았다. 트럭이 멈추어 섰기 때문일까. 대장 녀석은 더 이상 성질을 피우지 않고 매서운 시선만 눈에게 고정한 채 숨을 고르고 있었다. 이기는 운전석 문을 열고 내려선 우 씨 아저씨를 향해 물었다.

"저 녀석은 어쩌죠?"

아저씨가 좀비 못지않은 매서운 눈빛으로 대장 녀석을 쳐다보며 무어라 말하려는 찰나, 어느새 양손을 천으로 감아 낸 도나가 채찍을 휘두르면서 외쳤다.

"걱정하지 마! 내가 날려 버릴게!"

도나는 채찍을 옆으로 크게 내둘러 대장 좀비의 허리통을 노렸다. 지난번처럼 녀석이 손으로 채찍을 움켜쥘까 봐 방향을 조정한 데 더해 녀석이 팔을 잃은 왼편을 노리는 기지까지 발휘했다. 크아아악. 대장 녀석이 뒤늦게 오른팔을 움직여 채찍을 잡으려 했지만 헛수고였다. 반대쪽으로 날아든 도나의 채찍이 이미 녀석의 몸을 꽁꽁 감아 버린 뒤였으니까.

"잘했어, 도나! 지금이야!"

얀군이 흥분해서 소리치자 도나가 씩 웃으며 채찍을 내치듯 휘저었다. 하지만 대장 녀석은 그리 쉽게 날아오르지 않았다. 녀석의 몸이 트럭 짐칸의 바닥에 쓸리다가 땅을 향해 고꾸라진 것까지는 좋았는데, 문제는 거기서부터였다. 지체 없이 발딱 일어선 녀석이 도나의 힘에 대항하기 위해 트럭의 측면을 붙잡고 버티기 시작한 것이다. 녀석의 힘이 얼마나 센지 트럭이 점점 한쪽으로 끌려갔다.

"우 씨 아저씨…!"

그 상황을 가만히 지켜만 보고 있을 리 없는 우 씨 아저씨가 트럭의 반대편을 잡아당겼다. 좀비와 아저씨의 팽팽한 힘겨루기가 시작되었다.

"아저씨, 힘내요!"

도나가 목청 높여 응원했다. 하지만 이기는 점점 불안해졌다. 처음엔 비등한 듯 보이던 둘의 힘이 갈수록 차이가 벌어졌기 때문이다.

"이거, 우리가 가서 도와야겠네."

얀군이 이기 쪽으로 보드를 굴려 보내며 말했다.

"그래 봤자…."

이기는 한 발로 보드를 멈추며 중얼거렸다. 힘을 보태 봤자 시원한 결말은 나지 않을 것이다. 트럭을 양쪽으로 잡아당겨서 얻을 수 있는 게 무엇이겠는가. 뭔가 다른 방법을 찾아야 해. 이기는 보드를 앞뒤로 굴리며 대장 녀석을 향해 돌진할 자세를 취했다. 좀비의 다리를 공격해 넘어뜨릴 심산이었다. 그런데 그때 갑자기,

"와! 아저씨!"

우 씨 아저씨가 자기 몸쪽으로 끌어당기던 힘을 반대로 내뻗어 트럭을 밀어내자 트럭의 측면이 좀비의 가슴을 강타했다. 녀석은 외마디 비명과 함께 쓰러진 트럭 아래로 모습을 감췄다. 눈 깜짝할 사이에 일어난 일이었다.

아저씨가 다급히 외쳤다.

"빨리 타! 어서!"

처음엔 좀비가 쓰러진 사이에 빨리 출발하자는 의미인 줄 알

았는데, 가만 보니 이기 일행의 등 너머를 향한 아저씨의 표정이 심상치가 않았다. 이기와 도나, 얀군은 일제히 뒤쪽으로 고개를 돌렸다.

"하아… 고새 따라붙었네. 우리 애들도 열심히 뛰어오는군."

얀군이 머리가 아프다는 듯 손바닥으로 관자놀이를 지그시 누르며 말했다. 앞서거니 뒤서거니 하며 달려오는 테의 아이들과 대장 좀비의 수하들을 보니 이기도 골치가 아파 왔다.

"어서 타자, 어서."

엄마가 눈을 이끌며 이기와 도나, 얀군에게 재촉하듯 손짓했다. 그런데 그때, 막 걸음을 옮기던 눈이 천천히 팔을 들어 올리더니 검지로 트럭을 가리켰다.

"뭐, 뭐야?"

덜컹덜컹 트럭이 움직였다. 마치 땅이 꿈틀거리는 바람에 트럭도 덩달아 상하좌우로 요동치는 듯했다.

"이게 무슨…."

트럭에 올라타려던 우 씨 아저씨가 흠칫하며 뒤로 물러서자마자…. 불쑥, 트럭 아래에서 뭔가가 솟아올랐다!

"말도 안 돼…."

도나가 공중으로 들어 올려진 트럭을 쳐다보며 웅얼거렸다. 마찬가지로 입을 쩍 벌리고 트럭을 올려다보던 이기는 땅에서 솟기라도 한 듯, 트럭을 번쩍 들어 올린 놈에게로 천천히 시선을 옮겼다. 도대체 언제까지 우릴 놀라게 할 셈이야. 이기는 경악을 감추지 못한 채 대장 녀석을 노려보았다. 오늘 하루만 해도 여러 면에서 고루 놀라운 발전을 보여 준 녀석이니 앞으로 또 어떤 변화를 거듭할지 알 수가 없었다. 놈은 한 팔로 높이 트럭을 들고 서서 이기 일행을 내려다보았다.

"피… 피해!"

다들 얼이 빠진 채 얼어붙어 있을 때, 좀비의 다음 행동을 감지한 우 씨 아저씨가 엄마 쪽으로 팔을 뻗으며 소리쳤다.

"놈이 트럭을 던질 거야! 머리 위로 트럭이 떨어질 거라고!"

아저씨의 외침에 흠칫한 엄마가 뒤늦게 움직이려 했지만 이미 때가 늦었다는 직감 때문인지 쉬이 걸음을 옮기지 못했다. 얼어붙은 채 재빠르게 움직이지 못하기는 이기와 도나, 얀군도 마찬가지였다. 꼼짝없이 트럭에 깔릴 운명에 처한 사람들은 마지막 순간을 음미하듯 하릴없이 서로 눈짓만 주고받고 있었다. 그런데….

"눈…?"

엄마의 근심스러운 얼굴에 어리둥절한 표정이 더해졌다. 곧이어 이기와 도나, 얀군의 의아한 시선이 눈에게 쏠렸다. 오뚝하니 엄마 앞을 버티고 선 눈은 맹랑하기 그지없는 표정으로 좀비를 맞바라보고 있었다.

"눈, 위험해."

엄마가 눈의 손을 꽉 부여잡았다. 눈은 엄마의 손을 놓지 않았지만 엄마의 뒤로 숨지도 않았다. 작은 몸에서 풍겨 나오는 당찬 기운. 그 기운에 움찔한 좀비가 트럭을 올려 든 팔을 부들거리며 이러지도 저러지도 못한 채 그르렁거렸다.

"쟤 지금 '나 죽이면 맛없을걸.' 하는 거 같지 않아…? 아얏!"

실없이 깐족대던 얀군이 울상을 하고 정수리를 문질렀다. 쓸데없는 소릴 하다가 도나에게 꿀밤을 맞은 것이다.

"눈이 우릴 살린 거야. 입 다물고 냉큼 움직여."

도나가 얀군을 부축하며 말했다. 얀군은 도나의 어깨에 슬쩍 팔을 두르며 불퉁댔다.

"지금 왜 이 사달이 났는데…. 다 저 꼬맹이 때문이잖아."

"어? 또 그런다. 눈, 얀군이 또 너 보고 꼬맹이라고 했다!"

얀군이 '꼬맹이'라는 단어를 유독 작은 소리로 말했음에도 도나는 일절 봐줄 생각이 없다는 듯 곧바로 눈을 향해 소리쳤다. 하지만 눈은 꼼짝도 하지 않고 좀비와 대치하는 데 집중했다. 눈의 집중력이 효과를 보이는 데엔 그리 오랜 시간이 걸리지 않았다. 얼마 안 가 그르릉 소리가 잦아들더니, 조금씩 좀비의 팔심이 풀리는 게 보였다. 이기는 속으로 빌었다. 놓을 거면 살살 놔, 제발.

트럭 망가지지 않게. 우 씨 아저씨도 이기와 같은 생각인 듯 뚫어져라 트럭을 쳐다보고 있었다. 하지만 이 모험엔 왜 이리도 운이 따르지 않는 것인지….

쿠에엑. 대장 녀석의 등 뒤로, 익숙한 괴성과 함께 누군가 난폭하게 돌진해 왔다. 도나가 채찍으로 멀찍이 던져 버렸던 탄이 어느새 돌아온 것이다. 갑작스러운 기습을 받고 앞으로 밀려난 대장 녀석이 손에서 트럭을 놓쳐 버리자 이기는 엄마와 눈을 향해 몸을 던지며 외쳤다.

"위험해!"

엄마와 눈을 껴안으며, 이기는 눈을 질끈 감았다. 눈을 감는 순간 귀도 함께 닫혀 버린 듯, 순간적으로 아무런 소리가 들리지 않았다. 들숨과 날숨이 한 번씩 오가는 동안 느낄 수 있던 건 오직 가슴에 품은, 엄마와 눈의 체온뿐이었다. 그런데 별안간,

"어…."

등 뒤로 와락 온기가 날아들었다. 아니, 온기를 넘어선 더운 기운이 이기를 덮쳤다. 마치 불타오르는 돌덩이 같은, 뜨겁고 단단한 가슴. 이기는 뒤돌아보지 않고도 자신을 껴안은 사람이 누구인지 알 수 있었다. 우 씨 아저씨…. 아저씨가 온몸으로 이기와 엄마, 눈을 감싸안은 것이다.

꽝!

요란하게 충돌하는 소리에 이어 콰직, 소음이 이어지더니 매캐한 냄새가 풍겼다. 이기와 우 씨 아저씨는 동시에 고개를 들어 망연자실 트럭이 떨어진 곳으로 시선을 옮겼다. 수직으로 지면에 꽂히다시피 한 트럭은 기우뚱거리는 모습이 돋시 아슬아슬해 보였다.

"아, 안 돼…."

이윽고 폭삭, 트럭이 거꾸로 넘어가 버렸다. 풀풀 피어오르는 먼지 사이로 처참히 찌그러진 운전석이 보였다. 만약 누군가 저 자리에 타고 있었다면 목숨을 보전할 수 없었으리라. 이기는 넋 놓은 사람의 얼굴로 우 씨 아저씨를 쳐다보았다. 다친 사람이 없어 천만다행이지만 이제 트럭을 잃었으니 어떻게 해야 할지…. 그때 뒤쪽에서 얀군이 이기만큼이나 속이 타들어 가는 듯한 목소리로 소리쳤다.

"진짜 왜들 저러는 거야! 안 돼! 싸우지 말라고!"

얀군의 애를 끓게 하는 존재는 다름 아닌 탄이었다. 탄도 끈질기게 대장 좀비에게 달려들었지만, 그리 손쉽게 처리할 수 있는 상대는 아닌 것 같았다. 녀석이 몸을 꺾으며 일어서자, 탄은 다시 그를 향해 덤벼들었다. 두 좀비는 한 몸처럼 뒤엉켜 서로를 조르고, 쥐어뜯고, 때리고, 물어 댔다. 그 모습을 더 이상 보고만 있을 수 없던 얀군이 새총을 들어 대장 녀석을 겨냥했다. 하지만 워낙 둘이 엎치락뒤치락하는 형국인지라 대장 녀석만 정확히 조준해서 몽돌을 날리는 건 거의 불가능에 가까운 일처럼 보였다.

"일단 지금은 피해야 해! 곧 트럭이 폭발할 거야!"

우 씨 아저씨가 외쳤다. 이기는 아저씨의 시선이 머물렀던 자리로 시선을 옮겼다. 트럭에서 기름이 뚝뚝 떨어지고 있었다.

"눈, 가자. 여긴 위험해."

엄마가 눈의 어깨를 감싸고 이끌었다. 그러자 뒤엉켜 있던 대장 녀석과 탄이 눈을 향해 괴성을 질러 댔다. 싸우는 와중에도 눈의 움직임을 감지한 것이다. 다행히 먼저 눈의 뒤를 쫓으려 서로 다투는 통에 둘 중 누구도 눈을 향해 앞서지 못했다.

"살살 싸워, 살살…. 제발…."

얀군이 애원하듯 말했다. 그런 얀군을 잡아끌고 부축하며, 도나가 투덜댔다.

"정신 차려, 얀군. 지금은 우리 목숨이 더 중요하다고."

"테의 좀비들 중 하나라도 잘못되면… 난 죽은 목숨이야."

"그건 그때 가서 걱정해."

단호한 도나의 대꾸에도 얀군은 좀처럼 두 좀비에게서 시선을 거두지 못했다. 그러다가 돌연, 금방이라도 눈물을 흘릴 것처럼 절절하게 외쳤다.

"그만해!"

정말 꼼짝없이 죽은 목숨이라도 된 듯 얀군의 입술이 퍼렇게 질렸다. 얀군의 억장을 무너지게 만든 건 눈앞에 펼쳐진 한바탕 승부의 결과였다. 탄의 끈질긴 공격에도 불구하고, 승기를 잡은 쪽은 대장 좀비였다. 탄을 바닥에 짓누르고 압박하던 대장 녀석이 입을 크게 벌려 상대의 어깻죽지를 뜯어 헤치는 순간, 고통의 포효와 승리의 포효, 경악의 포효가 동시에 사방으로 울려 퍼졌다. 물론 여기서 경악의 포효는 얀군의 것이었다.

이기는 얀군의 심정을 이해했다. 언뜻 보기에도 탄은 더 이상 맞서 싸울 기력이 없는 듯했다. 만약 대장 좀비의 두 팔이 온전했다면 진즉 결투가 마무리되었으리라. 녀석은 의기양양하게 몸을 일으켜 탄의 발목을 잡고 제자리에서 빙빙 돌기 시작했다. 한 바퀴, 두 바퀴…. 점점 속도가 붙었다. 녀석의 회전에 따라 바닥을 쓸며 돌던 탄의 몸이 서서히 공중으로 떠올랐다. 귓전을 울리는 붕붕 소리가 절정에 이르렀을 때, 대장 녀석이 잡고 있던 탄의 발목을 놓아 버렸다. 휙, 너덜너덜한 좀비의 몸뚱이가 이기 일행의 머리 위를 지나 날아갔다. 사색이 된 얀군은 탄이 날아가는 방향으로 홀린 듯이 몸을 돌렸다.

쾅! 탄이 추락했다!

"아…."

얀군이 탄식했다. 하필 떨어진 곳이 트럭 위라니…. 숨 막힐 듯한 정적이 주위를 에워쌌다. 1초, 2초, 3초….

"엎드려!"

번쩍, 트럭이 폭발했다. 이기 일행은 곧장 엎드린 채 양손으로 머리를 가렸다. 엄청난 폭발음에 이어, 날카로운 쇳소리가 몸을 벨 듯 쉴 새 없이 날아들었다. 이기는 불꽃이 인 트럭의 잔해가 코앞에 떨어져 박히는 광경을 참담한 마음으로 지켜보았다. 이제 어떡하지. 어떡하면 좋지.

"아악!"

얀군이 눈앞에 떨어진, 불에 그을린 좀비의 팔 한 짝을 보고 기겁했다. 그 모습을 본 이기의 한숨이 더욱 짙어졌다. 트럭과 테의 맏딸을 모두 잃었으니 한숨이 아니라 눈물이 나와도 이상하지 않은 상황이었다. 그때 도나가 훌쩍이며 말했다.

"얀군… 이제 진짜 걱정을 시작해야 할 것 같아."

도나가 훌쩍거리는 건 폭발로 인한 연기 때문이었다. 도나는 자욱한 연기를 손으로 헤치며 다리에 힘이 죄 풀린 듯한 얀군을 일으켜 세우더니 활활 불타오르는 트럭 뒤편을 가리켰다.

"저기 좀 봐."

엄마와 눈, 우 씨 아저씨가 콜록거리며 몸을 일으켰다. 이기도 간신히 일어나 도나가 가리킨 곳을 응시했다. 연기 때문에 눈에 눈물이 절로 맺혔다. 눈을 깜빡거리자 곧 뿌연 시야에 좀비들의 형체가 아롱졌다.

"하나 잃었다고 슬퍼할 때가 아니라고. 저기, 넷이 더 있는데."

대장 좀비의 승리를 환호하듯 괴성을 질러 대는 좀비들 사이에서 낮게 그르렁거리는 네 좀비들. 그들은 형제를 잃고 분노하는 테의 자식들이었다. 비록 힘으로도 수로도 열세지만 눈앞에서 형제의 마지막을 목도한 이상 손 놓고 가만히 있지만은 않을 터…. 되든 안 되든 끝까지 달려드는 집념은 oˋ미 테의 맏딸을 통해 확인한 바 있으니, 그 기세가 나머지 형제들에게서도 분명히 느껴지는 이 상황에서 도나가 무슨 말을 하려는지 짐작하기란 어렵지 않았다. 곧 전쟁이 일어날 거야. 좀비들끼리 대혈전을 벌일 거야. 복수하고, 앙갚음할 거야. 한쪽이 끝장나기 전까진 서로 봐주지 않을 거라고.

도나의 말뜻을 알아차린 얀군이 허겁지겁, 겹겹이 쌓인 연기 너머로 소리쳤다.

"안 돼…. 오지 마! 싸우지 마! 복수하지 마! 덤비지 말라고! 첫째 당한 거 안 보여? 저 자식, 엄청나게 세단 말이야! 참아! 참으라고!"

부질없는 외침이었다. 외려 설상가상으로 얀군의 외침이 좀비들을 더욱 자극한 것 같았다. 탄의 동생들은 지척 불길을 뚫고 돌진하기 시작했다.

"윽… 이게 무슨 냄새야."

도나가 코를 막고 인상을 찌푸렸다. 그도 그럴 만했다. 몸에 불을 붙인 좀비들이 풍기는 냄새는 상상을 초월할 정도로 역했다. 헛그역질이 나고, 정신이 혼미할 정도였다. 이기는 윗옷을 들어올려 코와 입을 막았다.

"여긴 안 되겠어. 자리를 피하자."

어쩌면 좀비들의 전쟁이 눈에게는 도망칠 기회가 될 수 있다고 생각하며, 이기가 말했다. 대장 녀석이 아직 눈을 주시하고 있긴 하지만… 일곱의 좀비가 한꺼번에 덤빈다면 녀석도 주의가 흐트러지겠지.

그때 우 씨 아저씨가 외쳤다.

"항구로 가야 해. 다들 항구를 향해 뛰어!"

계획이 있는 듯한, 확신이 어린 어조였다. 아저씨는 엄마를 등에 업고, 눈을 안아 들었다. 그리고 못마땅한 표정으로 얀군을 향해 물었다.

"달릴 수 있겠냐."

"발목이 부러지더라도 달려야 할 땐 달리지. 근데 지금은 아니야. 난 안 가."

얀군이 새총을 쓰다듬으며 이어 말했다.

"새총은 고마워, 우 씨…. 아니, 어르신. 이제 어르신이라고 불러 주지."

얀군이 건방지게 까불자 도나가 얀군의 뒤통수를 찰싹 때리며 나섰다.

"얀군, 너 제정신이야? 혼자 뭘 어쩌려고."

"내 걱정은 말고, 다들 얼른 항구로 가! 어르신한테 계획이 있는 것 같으니. 난 여기 있을 거야. 어쩔 수 없이 하나는 잃었지만… 더 잃을 순 없어."

얀군은 말을 마치자마자 대장 좀비를 향해 새총을 겨눴다. 녀석은 자신을 향해 달려드는 탄의 동생들을 상대하려고 잔뜩 힘을 모은 채 부동자세를 취하고 있었다. 공격하기에 나쁘지 않은 타이밍이었다. 하지만 지금 이기와 도나가 얀군을 돕는다면 좀비들의 시선을 눈에게서 돌리는 일이 어려워질 수도 있었다.

"가자, 도나."

이기는 더 이상 지체할 수 없다고 생각하며 도나의 팔을 잡아끌었다. 그 순간 등이 까맣게 그을린 좀비 하나가 굉장한 악취를 풍기면서 이기와 도나의 옆을 지나 뛰어갔다. 곧이어 팔에 불이 붙은 좀비와 찌그러진 트럭 문짝을 번쩍 치켜든 좀비가 쌩하고 지나갔다. 이기는 힐끗 얀군을 쳐다보았다. 탄의 동생들이 대장 좀비에게 가까워질수록 얀군은 새총의 시위를 더욱 팽팽히 잡아당겼다. 아무래도 얀군이 대장 녀석을 공격하기 전에 떠나는 게 상책 같았다.

"지금 가야 해, 도나."

"그치만 얀군은 발목도 다쳤고…. 테의 맏딸까지 잃었는데…. 이대로 혼자 두고 가면…."

"그래서 어쩌자는 거야? 눈은 어떡하고? 애당초 눈을 구해야 한다고 한 사람은 도나 너 아니야?"

이기의 목소리에 짜증이 묻어났다. 불쾌한 냄새 때문일까. 어지럽고 속이 메슥거렸다. 우 씨 아저씨가 도나에게 호통이라도 한번 쳐 줬으면. 억지로라도 도나를 이끌고 항구로 향했으면. 이기는 도나의 팔을 세게 잡아끌었다.

"가자. 얀군 일은 얀군이 알아서 하게 두자. 지금은 여길 떠나야 해. 이 자릴 피해야…"

그런데 그때,

탕!

난생처음 듣는 날카로운 굉음이 해변의 하늘을 쪼개듯 솟구쳤다. 아무도 여기서 도망칠 수 없다고 말하는 듯한 총소리였다.

오만과 비밀

"내 아이들이… 내 아이들이 불타고 있어!"

테가 울부짖었다. 분노가 가득 실린 절규와 함께, 당장이라도 오장육부를 다 토해 낼 듯이 몸을 떨면서. 무릎을 꿇은 테의 발치엔 어디선가 굴러온 탄의 머리가 초라하게 놓여 있었다.

"내 딸… 나의 아가…."

테의 커다란 손이 탄의 머리에 닿자, 불에 그을린 머리카락이 바스스 흩어졌다. 테는 연기 나는 탄의 머리를 들어 올려 이마를 맞대고 눈을 감았다. 이기는 침을 꿀꺽 삼켰다. 이기뿐 아니라 테를 둘러싼 테의 형제들도 숨을 죽인 채 그 모습을 바라만 보고 있었다.

"얀군, 이제 다 틀렸어."

어느새 얀군 곁에 다가간 도나가 그의 팔을 잡아끌며 말했다. 몸에 불이 붙은 탄의 동생들이 사력을 다해 대장 좀비에게 덤벼드는 모습과 저편에서 침통해하는 테의 모습을 번갈아 바라보는 얀군의 얼굴엔 망연자실함과 극도의 공포가 공존하고 있었다.

"혹시라도 테에게 빌 생각은 하지 않는 게 좋을 거야. 네가 테 앞에 무릎을 꿇는 순간 테는 얀군 네 목을 댕강 쳐 내고 말 거니까. 자비 따윈 없을 거라고."

"그, 그치만… 목숨이라도 보전하려면…. 지금이라도 싹싹 빌어야…."

도나는 넋이 나간 듯 보이는 얀군의 팔을 흔들며 목소리를 높였다.

"정신 차려, 얀군! 지금부터라도 정신 똑바로 차리고 우리랑 같이 살 방법을 궁리해 보자고."

하지만 얀군의 떨림은 쉬이 멈추지 않을 듯 보였다. 여전히 겁먹은 표정으로 테가 있는 방향에 시선을 둔 채 그저 도나가 이끄는 대로 뒷걸음질할 뿐이었다.

그런데 그때 우뚝 일어선 테가 쿵쿵, 자기 가슴을 두드리기 시작했다. 테의 행동은 순식간에 주위를 압도했다. 테는 아무리 세게 쳐도 지금 느끼는 마음의 고통만큼 아프진 않다는 듯이 더욱

더 힘을 가해 자기 가슴을 때렸다.

"지금 여기 있는 놈들 전부…."

테의 거친 목소리가 그보다 더 거친 화로 이글거렸다.

"저 걸레짝 같은 좀비들도…."

테가 다시 묵직한 한 방을 자기 가슴에 날리며 사방의 좀비를 둘러보자, 뒤늦게 도착해 테의 일당을 향해 그르렁거리던 좀비들마저 움찔했다. 좀비들도 테의 존재가 무서운 걸까. 자신들의 대장이 있는 곳으로 더 나아가지 못하고 멈추어 선 좀비들을 보며 고개를 갸우뚱하던 이기의 머릿속에 퍼뜩 떠오른 무엇이 있었다. 그래, 적맥인병. 테도 엄마와 같은 병에 걸렸잖아. 그러니 좀비들도 함부로 테에게 덤비진 못하겠구나.

좀비들에게서 시선을 거둔 테가 또 한 번 자기 가슴을 때리며 말했다.

"그리고 저 망할 놈의 인간들도…."

테의 무시무시한 시선이 이기 일행을 향했다. 지금 테가 뿜어내는 기세로는, 설령 적맥인병의 수호를 받지 않는다 해도 섬 안의 좀비를 혼자서 다 해치울 수 있을 뿐 아니라 섬사람 모두를 거뜬히 상대할 수 있을 것만 같았다.

테가 주먹으로 살을 짓이기듯 가슴을 내리누르며 외쳤다.

"…전부 다, 모조리 쓸어버려!"

짐승의 포효 같은 테의 울부짖음이 해변을 울렸다. 잘잘못을 따질 생각도 없어 보였다. 테에게는 누군가 이 자리에 있다는 사실만으로도 죽을죄를 지은 것이나 다름없었다.

"내 아이를 죽인 놈들! 내 아이가 죽는 걸 보고만 있던 놈들! 모두 끝장내 버려! 한 놈도 살려 두지 마라, 단 한 놈도! 만약 한 놈이라도 놓치면…."

테는 가슴을 때리던 손을 옆으로 뻗어 삐뚜름하게 서 있던 몰의 돌을 와락 움켜쥐었다.

"내 이 슬픔을 형제의 피로 닦을 것이다."

"켁… 테…. 진정해…. 우리가 다 처리할게! 나만 믿어! 뭐해, 다들! 저것들 싹 다 청소해!"

테의 손에 비틀린 목구멍 사이로 몰의 날카로운 목소리가 삐져나왔다. 이기 일행은 다급히 서로 눈짓하며 대열을 재정비했다. 도움닫기에 도움이 될 만한 것들을 찾아야 해. 이기는 보드를 제자리에서 굴리며 재빨리 주변을 살폈다. 몇 발짝 떨어진 곳엔 얀군과 어깨를 맞대고 채찍의 가죽끈을 팽팽히 당겨 쥔 도나가 있었다. 도나를 보니 든든한 느낌이 들었다. 이제 더는 예전의 못 미더운 도나가 아니니까. 다만 아직 정신을 다잡지 못한 듯 보이는 얀군이 걱정될 뿐이었다.

그대 엄마와 눈의 앞에 버티고 선 우 씨 아저씨가 이기를 향해 외쳤다.

"이기! 테의 지프를 노려야 한다."

"네? 테의 지프요?"

테가 테의 무리를 매달고 온 지프차는 테를 둘러싼 좀비들 사이에 멈추어 있었다.

"이제 우리가 살길은 테의 지프를 훔쳐서 항구로 가는 방법밖에 없다."

"항구로 간 뒤에는요?"

우 씨 아저씨는 바로 대답하지 않고 엄마와 뜻 모를 눈빛을 교환했다. 두 사람은 한마디도 소리 내어 말하지 않았지만 서로의 뜻을 알겠다는 듯이 고개를 끄덕였다. 이윽고 엄마가 조심스레 입을 열었다.

"이기, 사실은…."

사실은? 사실은 뭔데요? 하지만 이기는 엄마의 말을 끝까지 들을 수 없었다. 그 순간 테의 무리가 괴성을 지르며 달려들었기 때문이다. 얀군이 떨리는 목소리로 외쳤다.

"흉… 흉을 조심해!"

흉은 큰 덩치에도 놀랄 만큼 몸놀림이 날쌨다. 이기의 몸집만 한 방망이를 들고도 어찌나 날렵하게 달리는지. 이기는 빠르게 반복되는 쿵쾅쿵쾅 소리에 이어 공중으로 붕 떠오르는 흉의 모습을 넋 놓고 쳐다보았다. 순식간에 일어난 일이라 달리 대처할 겨를이 없었다. 당황한 도나가 채찍을 내던졌지만 허사였다. 가슴 한복판에 채찍을 맞고도 훙은 조금의 타격도 받지 않은 듯, 흔들림 없이 정확히 이기의 머리를 겨냥해 방망이를 휘두르며 떨어져 내렸다. 꼼짝없이 죽겠구나. 이기는 본능적으로 자세를 낮추고 보드를 머리 위로 쳐들었다.

그런데 그때,

"아저씨!"

도나의 외침과 함께 퍽, 소리가 울려 퍼졌다. 어라? 이기는 바로 자기 몸을 살폈다. 아무 데도 다치지 않았잖아. 보드도 멀쩡하고.

"아저씨! 괜찮아요?"

도나가 저편에서 바닥을 구르고 있는 우 씨 아저씨를 향해 외쳤다. 우 씨 아저씨는 우 씨 아저씨대로, 훙은 훙대로 바닥에 쓰러진 채 몸을 일으키려 애쓰고 있었다. 이기는 그제야 우 씨 아저씨가 몸을 날려 훙을 막았다는 것을 알게 되었다. 아저씨… 우 씨 아저씨가 날 지키려다 다쳤어. 가만, 그럼 지금 엄마와 눈은 누가 지키고 있지?

철렁하는 마음에 이기는 급히 몸을 일으켰다. 아니나 다를까, 엄마와 눈은 이미 몰의 손아귀 안이었다. 몰은 퀴퀴한 냄새가 날 것 같은 웃음을 흘리며 기다란 손가락으로 엄마와 눈의 목덜미를 감아쥐었다. 숨이 막혀 캑캑거리면서도 눈의 손끝이라도 잡고 있으려 애쓰는 엄마의 모습이 보였다.

"이 미물은…."

몰이 힐끗 눈을 내려다보며 말했다.

"내 장부에 없던 녀석인데."

"이 나쁜 놈아! 아줌마와 눈을 놔줘!"

도나가 몰을 향해 채찍을 날렸다. 그런데 그럴 줄 알았다는 듯, 몰이 여유작작한 태도로 한 손에 쥔 눈의 몸을 내세워 방패로 삼는 게 아닌가. 도나가 급히 채찍을 거둬들였기에 망정이지, 하마터면 큰일이 날 뻔했다.

"이 사달이 난 게, 요 미물 때문인가?"

몰은 듣던 대로 머리가 잘 돌아가는 놈이었다. 좀비들이 미쳐 날뛰는 이유를 이렇게 바로 알아내다니. 아무도 대답하지 않자 몰은 어차피 대답을 들으리라 기대하지도 않았다는 듯이 킬킬댔다.

"그럼 확인을 해 봐야겠군."

말이 끝나기 무섭게 몰은 휙, 눈의 몸을 좀비들 쪽으로 돌려들었다. 그 바람에 간신히 맞닿아 있던 엄마와 눈의 손이 속절없이 떨어지고야 말았다. 아… 안 돼. 이기 일행의 시선이 일제히 좀비들에게로 옮겨 갔다. 줄 끊어진 연과 다름없는 눈의 존재를 가장 먼저 감지해 낸 녀석은 사 대 일로 테의 자식들을 상대하던 대장 좀비였다. 크아아앙. 대장 좀비가 독수리처럼 맹렬하게 눈을 향해 달려들었다.

그때 또 한 번 총소리가 울렸다. 이번엔 하늘을 향한 발사가 아니었다.

"내 아이가 죽은 게 진멸인 때문이라고?"

저벅저벅 테가 다가왔다. 총탄에 가슴팍을 뚫린 채 뒤로 자빠진 대장 좀비를 테가 벌레 보듯 쳐다보았다. 그때 벌벌 손뼉을 치며 나선 사람은 얀군이었다. 얀군은 대장 좀비를 가리키며 말했다.

"아닙니다, 테! 테의 아이는 바로 저놈 손에 당했어요! 아주 잘 쏘셨습니다! 아주 잘…."

그런 얀군의 모습을 도나가 실망스럽다는 표정으로 흘겨보았다. 하지만 이 틈을 탄 엄마가 다시 슬그머니 눈의 손을 붙잡을 수 있었던 건 순전히 얀군이 주의를 끈 덕분이었다.

양손으로 엄마와 눈의 목을 움켜쥔 몰이 삐뚤삐뚤 몸을 흔들며 말했다.

"큭큭… 내가 뭐랬어. 저 꼴을 좀 보라고. 얀군 저 녀석, 내가 말한 대로지? 울고불고하다가 곧 오줌도 지리겠네."

몰이 이기를 향해 야비한 표정을 지어 보였다. 이기는 수치감으로 시뻘겋게 달아오른 얀군의 얼굴을 눈에 담으며 몰을 향해 쏘아붙였다.

"웃기지 마. 아까 내가 네놈 꼴을 다 봤는데. 너야말로 미물 중의 미물 같던걸."

테의 손에 목이 졸린 채 살기 위해 큰소리치던 몰의 모습을 아주 이해할 수 없는 건 아니었다. 이기 역시 살기 위해 거짓 충성을 맹세하지 않았던가. 하지만 그렇다면 적어도 다른 약자를 비웃진 말아야지. 이기는 몰의 그런 야비한 면을 그냥 보아 넘기기 힘들었다.

"망할 녀석… 오늘이 제삿날이라고 네가 아주 간이 배 밖에 나왔구나?"

"누구 제삿날인지는 두고 보자고."

몰이 한쪽 눈썹을 치켜올리고는 몸을 부들부들 떨었다.

"두고 보긴 뭘 두고 봐. 내 지금 널 당장…"

그런데 그때, 테가 무서운 눈빛으로 몰을 노려보았다.

"이봐…. 네가 지금 당장 해야 할 일은 내 새끼들 몸에 붙은 불을 끄는 것일 텐데?"

테의 눈초리에 흠칫한 몰을 보며 이기는 말싸움에 쐐기를 박듯 이죽거렸다.

"이것 봐. 호랑이 없는 골에서 왕 노릇 하던 게 누구인지 이제 스스로 알 때도 됐는데."

돌은 이기를 노려보며 이를 바드득 갈면서도 무어라 대꾸 한 마디 못 하고 테를 향해 납죽거렸다.

"테! 내가 쓸데없는 데 정신을 팔았네. 아이고, 이런. 우리 귀여운 조카님들이 얼마나 뜨거울까. 삼촌이 얼른 꺼 줄게."

몰은 곧바로 지프 근처에서 좀비들과 싸우고 있는 형제들을 향해 휘파람을 불었다. 자기가 불을 끄겠노라 호언장담해 놓고 정작 자신은 손 하나 까딱하지 않은 채 동생들을 부려 먹으려는 심보가 빤히 보였다. 하지만 테는 자신이 원하는 대로 일이 되기만 한다면 다른 부수적인 것들은 신경 쓰지 않는 타입이었다. 몰이 그동안 테가 없을 때마다 왕 노릇을 하며 이인자로서 자리매김할 수 있었던 건 테의 이러한 안일한 습성 덕분일 것이다. 여차하면 언제든 몰을 처치할 수 있으리라 믿는 오만함도 한몫했을 테고.

"진멸인이라…."

테가 몰을 향해 손을 내밀었다. 눈을 자신에게 건네라는 의미였다.

"안 돼! 이러지 마!"

눈과 떨어지지 않기 위해 안간힘을 쓰는 엄마에게 몰이 매몰

찬 발길질을 가했다. 염증으로 곪은 다리를 걷어차인 엄마는 비명을 속으로 삼키며 하릴없이 눈을 내줄 수밖에 없었다.

"엄마! 눈!"

테는 한 손으로 눈의 몸통을 움켜쥔 채 들어 올렸다. 그러곤 속을 알 수 없는 표정으로 눈의 면면을 살피다가 문득 생각났다는 듯 눈의 소매를 걷어올렸다.

"역시 팔뚝에 도드라진 혈관이 없군."

눈은 두 손으로 테의 손목을 잡고 바둥거렸다. 그런 눈이 가소롭다는 듯, 테의 얼굴에 차가운 미소가 드리웠다.

"진멸인. 그야말로 쓸모없는 생명이 아닌가."

금방이라도 테를 향해 달려들 듯 이기가 주먹을 꽉 쥐었다. 그때 도나가 소리쳤다.

"말 함부로 하지 마!"

"아, 도나… 너 또 왜 이래."

겁에 질려서 도나의 입을 막으려 드는 얀군을, 도나는 거듭 단호하게 내쳤다.

"눈은 우리에게 소중한 존재야! 그딴 헛소리로 우리 애 상처 주지 말라고!"

입을 앙다문 채 팔다리를 내젓느라 여념이 없던 눈이 고개를 돌려 도나를 쳐다보았다. 애정이 가득 담긴 동그란 눈동자. 애초에 도나가 걱정한 것만큼 테의 말에 상처받은 듯 보이진 않았지만…. 어쨌든 도나의 말로 분명 크나큰 위로를 받은 듯이 보이는 보름달 같은 눈동자가 별을 가득 품은 채 기쁨으로 흔들렸다.

"저, 저…! 어디서 함부로 입을 놀려! 테, 내가 말했잖아. 벌이 너무 약하다고. 좀비 간수도 못한 주제에 입만 나불나불 까볼 때부터 내 알아봤지. 그때 깨끗하게 처리했어야 하는데."

입만 나불거리는 건 몰 바로 너지. 이기는 속으로 구시렁거렸다. 그런데 테 역시 몰의 말은 별로 귀담아듣지 않는 듯했다. 몰뿐 아니라 도나도 마찬가지로, 테에게는 그들 모두 날파리만큼의 존재감도 지니고 있지 않은 듯이 보였다.

"소중하다라…. 소중한 진멸인…."

눈을 꿰뚫을 듯이 직시하던 테가 돌연 큭큭, 웃음을 흘리기 시작했다.

"소중한 진멸인이라니…. 큭큭…."

기가 찬다는 웃음이었다. 테의 눈에는 그렇게 보일 수도 있을 것이다. 모든 이를 각자의 쓸모로 판단하는 테에게 눈은 눈곱만큼의 쓸모도 없는 존재이리라. 아니, 쓸모가 없는 정도가 아니라 해가 되기까지 하는 존재라 함이 맞겠다. 테가 그토록 공을 들여 관리하는 좀비들을 일순간에 광분시킬 수 있는 존재이니….

테는 서서히 웃음을 거두고 눈을 손쉽게 들어 올려 제 옆구리에 끼고는 차디찬 눈빛으로 주변을 둘러보았다. 매캐한 연기가 가득한 해안 도로. 홍과 나머지 여섯의 형제가 테 자식들의 몸에 붙은 불을 끄고 덤벼드는 좀비들을 틈틈이 상대하고 있었다. 좀비들은 대장이 총에 맞고 나서 제법 기세가 꺾인 듯이 좀처럼 맥을 못 추었지만 그렇다고 순순히 백기를 들 것처럼 보이지도 않았다. 해변은 말 그대로 아수라장이었다.

"그래. 자신에게 진짜로 소중한 게 뭔지 아는 건 중요하지."

테가 자신의 부푼 배를 문지르며 말했다.

"내게 중요한 건 나의 아이와…."

어느새 중천에 뜬 해가 테의 머리꼭대기에서 뜨거운 햇빛을 쏟아 내고 있었지만 테의 모습은 차갑게 식은 밤바다처럼 보였다.

"이 섬이다."

테는 기필코 눈을 죽이려 들 거야. 이기는 참담한 마음으로 눈을 바라보았다.

"그러니 이 섬을 망치려 드는 자는 봐줄 수 없어."

좀비 관리 체계가 무너진다면 더덕밭이 그랬듯 섬 전체가 쑥대밭이 되는 일은 시간문제일 것이다. 그게 의미하는 바가 무엇이겠는가.

"그건 나를 망치려 드는 거니까."

테의 몰락. 섬이 무너지는 건 곧 테가 무너지는 것이다. 테는 오로지 섬을 갖기 위해 달려왔고, 달리고 있고, 달릴 것이다. 그 질주를 막는 자는 가차 없이 제거해 버리겠지. 그렇게 둘 순 없어. 그리 쉽게 눈을 해칠 순 없을 거야. 이기는 주먹을 꼭 쥐었다.

"진멸인 따위가 날 망칠 순 없지. 이 섬은 내 섬이고, 내 뱃속 아이의 섬이다."

눈을 제압한 테의 팔에 힘이 들어갔다. 팔뚝의 핏줄이 꿈틀거렸다. 눈을 완력으로 질식시키려는 것인가. 눈의 얼굴색이 점점 파랗게 질렸다. 더 이상 주저할 수 없었다.

"웃기지 마!"

이기가 소리쳤다.

"넌 어차피 이 섬을 계속 통치하지 못해! 네 형제들이 널 가만 놔둘 거 같아?"

이기의 당돌한 외침에 테가 재미있다는 듯한 표정을 지으며 이기를 쳐다보았다.

"이기… 넌 항상 내 흥미를 끄는군. 내 형제들이 날 가만두지 않으면 뭘 어떻게 할 수 있는데?"

이기는 물을 가리키며 말했다.

"물 저 녀석만 해도 말이야…. 지금이야 네가 아직 강하니까 납작 엎드리는 척하며 보고 있겠지."

테가 스산한 눈빛으로 몰을 쳐다보자, 몰이 당황하며 손을 내저었다.

"그, 그게 무슨…. 테! 설마 내 충성심을 의심하는 건 아니지?"

"몰, 너도 참 한심해. 테는 모든 사람을 의심한다고. 네가 아무리 충성하는 척 연기해도 테는 절대로 널 믿지 않아. 테가 왜 날 심복으로 썼겠어? 요새에서 자기 눈과 귀가 되어 줄 사람이 필요했기 때문이지. 바로 몰, 너 같은 녀석들이 무슨 꿍꿍이로 쑥덕이고 다니는지 알아낼 사람이 필요했던 거라고."

"쫑알쫑알 말은 잘하는군. 내가 지금 네 어미 숨통을 쥐고 있다는 걸 설마 모르는 건 아니겠지?"

몰이 엄마의 목을 움켜쥔 손에 힘을 주며 말했지만 엄마는 고개를 끄덕이며 계속하라는 신호를 보냈다. 이기는 마른침을 삼키며 이어 말했다.

"알지, 잘 알지. 그냥 몰 네가 안타까워서 그래. 내가 테의 곁에서, 테의 수족처럼 지내다 보니 알게 된 게 있거든. 네가 날 심복으로 쓰려고 한 이유가 이거 아니야? 테의 비밀을 알아내는 거."

"내가 언제…. 테! 저거 다 거짓말이야! 다 허튼소리라고!"

몰이 더욱 목소리를 높여 부정했지만 테의 귀에는 몰의 목소리가 개미 목소리처럼 들리는 듯했다. 당연하지 않은가. 이기의 입에서 테의 비밀에 관한 이야기가 나왔으니 테의 관심이 어디로 쏠렸는지는 불 보듯 뻔한 것이다.

"재미도 있지만… 참 골치 아픈 놈이군."

자신의 비밀을 곱씹어 본 것일까. 입안에서 쓴맛이 느껴지는 듯 테가 입맛을 다시며 말했다.

"맞아! 똑똑하고 간덩이가 커서 부려 먹기 좋지만, 자기 명 재촉하기에도 딱 좋은 성격이라니까! 난 진즉 알아봤다고!"

몰 너야말로 네 명을 재촉하는 거 같은데. 이기는 몰의 말을 흘려들으며 테의 눈을 맞보았다. 테가 눈을 가늘게 뜨며 말했다.

"정말 내 비밀이 네 무기가 될 수 있다고 생각하는 건 아니겠지."

"그럼 어디, 무기가 될 수 있는지 없는지, 한번 입을 열어 볼까?"

이기의 등줄기로 식은땀이 흘러내렸다. 있는 힘을 다해 담대한 척하고 있지만 언제까지 이 작전이 먹힐까 하는 불안감이 마음 한구석에 도사리고 있었다. 하지만 눈을 봐서라도 힘을 더 내야 했다. 엄마 말대로, 지금 할 수 있는 일을 최선을 다해 하는 수밖에 없으니까. 그런데….

"그럴 필요 없다. 어차피 모든 비밀은 영원하지 않은 법이지. 내가 적맥인병에 걸렸다는 사실을 죽을 때까지 감출 수 있을 거라 생각하진 않았다."

맙소사. 이기는 좌절했다. 내 유일한 무기를 가로채 버리다니…. 테의 비밀을 발설하지 않는 대가로 눈의 목숨을 구할 수 있을 줄 알았는데…. 이기는 자신이 간과한 것이 무엇인지 뒤늦게 알아챘다. 바로 테의 오만함이다. 이기는 테의 입에서 적맥인병이라는 말이 나오는 순간 음험하게 변하던 믈의 눈빛을 놓치지 않았다. 하지만 테는 그 눈빛을, 그 눈빛이 가진 힘을 무시했다. 분명 자신의 힘을 과신한 탓이리라.

이기의 생각을 증명하듯 테가 말을 이었다

"내가 적맥인병, 아니 그보다 더한 병을 얻는다고 저깟 놈들을 당해 내지 못할 것 같으냐. 가당치도 않지. 단지 아이가 태어나기 전까진 이런저런 시끄러운 얘기 따위 듣고 싶지 않았을 뿐이야. 이기 너도 적당한 때가 되면 처리하려고 했고. 대신 네 엄마를 끌고 와서 연고나 만들게 할까 했지. 네 엄마의 연고 만드는 솜씨가 그렇게 좋다고들 하니 말이다. 이 귀찮은 통증을 가라앉히는 데 도움이 된다면…."

왜 갑자기 말을 멈췄지? 이기는 눈썹 한 올 한 올의 움직임까지도 놓치지 않으려 테의 상태를 주시했다. 테는 골똘히 생각하는 듯도 하고, 의아해하는 듯도 한 표정을 짓고서 한참 뜸을 들이더니 번뜩 무언가 깨달은 것처럼 반득이는 눈빛으로 눈을 번쩍 들어 올렸다.

이윽고 테의 입에서 이상한 말이 흘러나왔다.

"가만 보자. 아무래도 진멸인 너에게도 비밀이 있는 거 같은데."

테의 말이 사실이라면, 그건 아직 이기가 모르는 비밀이었다.

간절한 약속

"내 통증이 사라진 이유가 너 때문인가."

눈의 몸에서 어떤 기운이라도 느낀 걸까. 눈을 뜯어보는 테의 표정엔 은근한 확신이 깃들어 있었다. 이를 감지한 도나가 조급한 목소리로 외쳤다.

"그게 무슨 말도 안 되는…! 진멸인은 아무 능력도 없어! 좀 전에 당신이 그랬잖아! 진멸인은 쓸모없다고!"

"도나 말이 맞습니다! 눈에겐 아무런 능력도 없어요, 테!"

엄마도 거들고 나섰다. 하지만 워낙 당황한 기색이 역력해서 도움이 되기는커녕 의심만 더 살 듯했다. 이미 이기도 눈치챘을 정도니까. 눈은 특별한 아이야. 이기는 엄마가 했던 말을 떠올렸다. 그동안 너무 받기만 했다며 눈에게 미안해하던 엄마. 눈이 엄마에게 선사한 특별한 무엇은 아마도…. 이기는 한결 좋아진 테의 안색을 살피며 생각했다. 통증이 있는 자가 눈과 신체의 일부를 접촉하면 진통 효과를 보는 게 분명해.

"호들갑 떠는 걸 보니 더욱 확신이 드는군. 왜 이 보잘것없는 진멸인을 소중히 여겼는지도 알겠고."

테가 도나와 엄마는 쳐다보지도 않고 눈의 얼굴만 뚫어져라 들여다보며 말했다. 탐나는 쓸모를 지닌 존재라면 그 존재를 절대 놓치지 않으리라는, 쓸모란 쓸모는 바닥까지 싹싹 긁어내어 죄 써먹고 말리라는 거친 탐욕이 테의 얼굴에 고스란히 드러났다.

"그건… 친구니까 소중한 거지! 무슨 능력이 있어서 소중한 게 아니라고!"

도나가 발끈하며 반박했지만 테는 그런 도나가 한심하다는 듯이 헛웃음을 흘렸다.

"친구…?"

"그래! 친구!"

저벅저벅. 차가운 미소를 드리운 테가 도나를 향해 묵직이 걸음을 옮겼다. 의도를 알 수 없는 테의 움직임은 묘한 공포심을 불러일으켰다. 하지만 누군가는 테가 걸음을 옮길 때마다 속절없이 대롱거리는 눈의 몸에서 시선을 떼지 못하고 울분을 삼킬 것이다. 도나도 그러했다. 도나와 같은 유형의 사람들은 좀처럼 겁을 먹지 않는다. 겁을 먹을 바에야 차라리 화를 낸다. 이기는 부들거리는 도나의 어깨에 시선을 주며 생각했다. 도나, 참아야 해. 더 이상 테를 자극하지 마. 무언가 계획이 있는 것이 아니라면 감정적으로 굴어서 좋을 게 없는 상황이었다. 하지만 꼭 쥔 주먹을 부들거리며 이를 악문 도나의 모습은 이기를 안심시키기는커녕 외려 불안하게 만들었다. 그런데 가만 보니 이기와 같은 심정으로 도나를 바라보는 사람이 한 명 더 있었다. 행여 도나가 돌발 행동을 할까 봐 노심초사하며 도나의 한쪽 팔을 단단히 붙잡고 있는 사람. 그건 바로 얀군이었다.

그때 문득 걸음을 멈춘 테가 불쑥 이기를 향해 물었다.

"이기, 넌 어떻게 생각하지? 친구라는 거 말이야."

"뭐?"

"너에게도 이 진멸인이 소중한 친구인가? 내 양아들과 저기 저 곧 혓바닥이 뽑힐 줄도 모르고 떠들어 대는 좀비몰이꾼은 어떻지? 이들 모두를, 정말 너의 친구라고 생각하느냔 말이다."

"나는…."

이기는 대답을 하다 말고 주변을 둘러보았다. 이기가 자신과 다르게 대답할 리 없다는, 믿음을 넘어선 자신감을 온몸으로 내

뿜는 도나. 기대 가득한 얼굴이 어쩐지 애처로워 보이는 눈. 그리고 어떻게 대답하든 개의치 않는다는 듯한 표정의 야군. 한 명, 한 명의 얼굴을 눈에 담으며 이기는 선뜻 무어라 대답하지 못하고 주저했다. 도대체 왜 망설이는 걸까? 이들을 친구라고 부르지 못한다면 나는 무엇 때문에 이들과 함께 싸우고 있는 걸까?

"대답 못 할 줄 알았다. 이기 넌 나와 비슷한 구석이 있으니까. 친구니 뭐니 하며 어울리는 거 다 어리석은 헛짓거리라고, 내심 너도 그렇게 생각했겠지. 지금도 긴가민가하고 있을 테고. 어쩌다 네가 이렇게 한심하기 짝이 없는 패거리에 물들어 버렸는지는 모르겠지만…. 원래 어리석음은 전염성이 높다. 어리석은 이들일수록 어리석은 말에 잘 홀리곤 하니까. 이기 넌 제법 똑똑한 녀석이라고 생각했는데, 안타깝게도 주변에 어리석은 자가 너무 많았구나. 내 진즉 야군 대신 너를 양녀로 삼았다면 네가 총기를 잃지 않도록 엄히 가르쳤을 텐데…."

테가 한숨을 내쉬듯 콧숨을 내뿜으며 말을 이었다.

"혼자서 살아남기 힘든 약자일수록 관계에 매달리는 법이다. 그들은 그걸 기가 막히게 잘 이용하지. 원래 모든 인간은 이기적이지만 약자들은 특히 더 이기적이다. 어떻게든 관계에 의존해서 살아남으려 드는 자들이니 쉬이 인연을 맺어선 안 되는 법인데…. 안됐지만 이기 넌 약해 빠진 놈들에게 이용당한 거다."

테에게 약자란 악이나 다름없다. 테는 한 번도 자신이 악하다고 생각해 본 적이 없을 것이다. 누구의 도움도 받지 않고 혼자 살아남을 수 있는 존재. 자신을 그런 존재라 여기는 이상 테는 자신의 세계 속 궁극의 선 그 자체일 테니 자신이 악할 수 있다는 가능성은 염두에 둔 적조차 없으리라.

"생각해 보아라. 이들의 어리석음 때문에 곤경에 처한 적이 없는지. 분명히 있었을 거다. 이들을 돕기 위해 위험을 무릅쓰고 나서야 했던 적은? 음, 이건 물어보나 마나 한 질문이군. 지금 네가 처한 꼴을 보면…."

짧은 순간, 이기의 머릿속에 수많은 장면이 스쳐 지나갔다. 얼마 안 되는 시간 동안 어찌나 많은 일이 마구잡이로 일어났는지, 잠시 생각하는 것만으로도 금세 머리가 어지러워졌다.

어쩌다 이 지경이 되었지. 난 그저 착실히 좀비몰이꾼으로 생활하며 엄마를 보살피고 싶었을 뿐인데….

이기의 혼란스러운 마음을 간파한 테가 득의양양하게 이어 말했다.

"그러니 친구는 소중한 게 아니라 위험한 거다."

"헛소리! 그건 우정을 나눌 줄 모르는 사람이나 하는 소리지!"

도나가 외쳤다. 분명 이기에게 힘을 실어 주고 싶어서 한 말일 터였다. 그런데 도나의 외침이 들린 그 순간, 시간의 저편에서 날아든 듯한 뜻밖의 환청이 이기의 귓속을 파고들었다.

구해 줘야 해. 우리가 구해 줘야 한다고.

비바람이 몰아치던 밤 선실 창문에 빼꼼히 드러난 작은 얼굴을 본 도나가 한 말.

구할 수 있으니까. 구할 수 있다고. 우리가.

이기는 가만히 도나에게로 시선을 옮겼다. 만약 이기가 그 말에 흔들리지 않았다면….

"우정?"

이기는 테의 조소 어린 반응을 외면하며 생각을 이어 갔다. 이번엔 눈을 구하기 훨씬 이전으로 돌아가서 애초에 도나와 어울리지 않았다면 어땠을지 떠올려 보았다. 그럼 눈과도, 얀군과도 얽히는 일이 없었을 텐데. 누구를 도울 일도 없고, 누구의 도움을 구할 일도 없이 홀가분하게 살았을 텐데.

이기는 이런 생각을 하는 자신이 싫었다. 끔찍하게 싫었다. 하지만 상황을 이 지경에 이르게 한 자기 자신이 더욱더 싫었기에, 부질없는 후회를 멈출 수 없었다.

테는 이기에게서 눈을 떼지 않고 말했다.

"우정은 끊임없이 너를 시험에 들게 할 거다. 네가 그 얄팍한 우정을 지키려 어디까지 할 수 있는지 알기 위해 저들은 끝까지 널 몰아붙이겠지. 하지만 이기 넌 결국 아무도 지키지 못하고 모두를 실망시킨 채 괴로워하게 될 거야. 내 눈엔 네 미래가 빤히 보이는구나."

 테의 말이 이기의 마음을 후벼 팠다. 아무도 지키지 못하고 모두를 실망시킨 채 괴로워할 운명. 목전에 이른 파국의 전조가 강렬히 느껴지자 후회가 더욱 거세게 밀려들었다. 그래, 역시 그래야 했을까. 그날 밤 눈을 구하지 말아야 했을까. 차라리 그때 눈을 구하지 않고서 도나와 엄마에게 실망을 안겨 주는 편이 나았을까. 그러더라도 두 사람 다 얼마 안 가서 나를 용서해 주었을 텐데. 하지만 그랬다면….

 이기는 힘겹게 눈에게로 시선을 옮겼다.

 그랬다면 눈은 죽었겠지.

 "하지만 결과적으로는 이기 네가 이 신통한 진멸인을 내게 갖다 바친 셈이니, 나는 너의 어리석음과 무모함의 덕을 보았구나."

 테가 눈의 몸을 자기 심장 가까이 가져다 대며 만족스러운 신음을 내었다. 테의 신음을 들은 눈이 소름 끼친다는 듯 몸부림쳤지만 그럴수록 눈의 몸을 짓누르는 테의 아귀힘만 더 세질 뿐이었다.

 "하아… 정말 좋구나. 이리도 좋다니. 통증이 없다는 게 어떤 느낌인지 거의 잊고 살았는데. 하늘은 스스로 돕는 자를 돕는다지. 지금껏 하늘은 계속 내 의지를 받들어 도왔다. 이번에도 마찬가지야. 적맥인병 따위가 날 무너뜨릴 수 있을 것 같으냐. 게다가 신통한 진멸인이 있는 이상 통증 때문에 정신이 흐려지는 일은 없을 거다."

테가 몰을 노려보며 경고하듯 말하자 몰이 삐뚜름하게 어깨를 기울인 채 말했다.

"내 말이! 테의 권위는 하늘의 뜻이지! 테의 여섯 번째 아이 또한 하늘의 뜻이고!"

"흥…. 아부를 떨려면 테의 뜻이 곧 하늘의 뜻이라 할 것이지. 그래야 제대로지."

도나가 몰을 향해 코웃음 치자 몰이 당황해서 주절거렸다.

"저, 저것들이…. 테, 내 말은 그게 아니라…."

"그만. 됐다."

테는 지그시 눈을 감은 채 무통의 기쁨을 만끽하고 있었다. 이기는 테가 통증에서 벗어나 조금은 자비로워지길 기대했다. 하지만 이윽고 눈을 뜬 테의 얼굴엔 이전보다 훨씬 잔인한 기운이 서려 있었다.

"이제 여길 깨끗이 정리해야겠군."

"맡… 맡겨만 줘, 테!"

테는 눈의 몸을 억누르던 힘을 살짝 풀어 내고 건조한 손놀림으로 눈의 머리를 쓰다듬었다. 그리고 아직 몰의 손아귀에서 벗어나지 못한 엄마를 향해 시선을 던졌다.

"이렇게 기특한 진통제가 생겼으니… 이령의 연고 따위는 이제 없어도 되겠어."

이기의 몸이 움찔했다. 엄마한테 손대기만 해 봐! 속에서 불덩이가 꿈틀거렸다. 당장이라도 테를 향해 달려들고 싶었다. 그런데 그 순간 이기보다 빠르게 움직인 사람이 있으니….

"테! 이들을 살려 두면 추후 분명 쓸모가 있을 거예요!"

얀군이 넙죽 무릎을 꿇고 테를 향해 소리쳤다.

"얀군 네가 네 입으로 쓸모를 논하다니 참으로 재미있구나. 내 좀비 자식 하나 지키지 못한 쓸모없는 녀석이."

얀군이 흠칫했다. 테는 자신의 양아들에게조차 자비를 베풀 생각이 없는 게 분명했다.

"테, 제발…. 저도 테의 자식이잖아요."

"그래. 하지만 넌 날 실망시켰지."

얀군의 읍소도 소용없겠구나. 이기는 낙담했다. 모두 죽일 셈인 거야, 테는. 눈을 제외한 모두를.

"전부 다, 깨끗이 처리해라."

테가 몰에게 명했다. 통증이 사라진 테는 더욱 기세등등해진 것처럼 보였다. 신체의 활력에 도취해 천상천하 유아독존을 외치는 듯한 테의 모습은 꼴불견이었으나, 한편으로는 두려움을 자아

내기에 충분했다. 이기는 입술을 깨물었다. 내 생각이 틀렸어. 통증에서 벗어나면 좀 너그러워질 줄 알았는데. 눈은 자신의 의지와 상관없이 능력을 발산해 고통받는 사람들에게 자비를 베풀고 있는 듯했으나, 그 자비로움이 테에겐 오히려 독이 된 것 같았다. 눈의 잘못은 아니었다. 그 어떤 베풂에도 감사할 줄 모르는 테에게 문제가 있을 뿐. 결국 테는 눈의 능력으로 더 강해졌다. 누군가의 자비와는 상관없이, 테는 더욱더 잔인해지고 무자비해질 터였다.

"청소 시간이다, 형제들! 오랜만에 몸 좀 풀어 보자고!"

몰이 입술을 삐죽 내밀고 휘파람을 불었다. 신경이 곤두서게 만드는 기분 나쁜 소리였다. 소리를 들은 테의 형제들이 아직 채 꺼지지 않은 불기둥을 뒤로하고 나자빠진 좀비들을 지르밟으며 모여들었다. 테를 제외하고도 모두 여덟. 아무리 생각해도 역부족이라고 생각하며 보드를 굴리고 있을 때 도나가 이기의 옆으로 다가와 외쳤다.

"그래, 어디 한번 붙어 보자고!"

이기는 작게 고개를 끄덕이며 도나와 눈을 마주쳤다.

"준비됐지?"

"나야 언제나."

비록 어디로 튈지 몰라 항상 이기를 긴장하게 만드는 도나지만 그런 예측불허의 도나에게도 변함없이 일관된 무엇이 있으니, 바로 이기를 향한 눈빛이었다. 무한한 신뢰와 애정이 느껴지는 눈빛. 이런 눈빛을 두고 후회감에 휩싸이다니 훅, 부끄러움이 밀려왔다. 자신의 안위와 도나의 존재를 저울질한 일을 평생 도나에게 비밀로 하리라 이기가 속다짐하고 있을 때, 어느새 바짝 다가와 이기와 등을 맞대고 선 얀군도 도나의 외침을 지지하듯 목청을 높였다.

"다 덤벼! 이렇게 된 이상 죽기 아니면 까무러치기야!"

얀군의 등줄기에서 떨림이 느껴졌다. 그 느낌이 이상하게 싫지 않았다. 이기는 한 번 더 고개를 주억거리며 낮은 목소리로 다짐하듯 말했다.

"끝까지… 같이 싸운다."

이번엔 도나와 얀군이 동시에 고개를 끄덕였다.

"건방진 놈들…."

몰이 이를 갈며 엄마의 목을 쥔 손가락을 불규칙적으로 떨었다.

"이기, 네 엄마부터 해치워 주지!"

몰이 오른팔을 들어 올리자 엄마의 몸이 붕 떠올랐다. 엄마는 몰의 손을 떼어 내려고 안간힘을 썼지만 소용없었다. 몰의 손가락은 엄마의 목을 한 바퀴 감고도 남을 정도로 길었다. 그 손가락을 떼어 내려면 다른 방법을 써야 했다.

이기는 도나 그리고 얀군과 눈짓을 주고받았다. 이기의 뜻을 알아차리고 가장 먼저 움직인 사람은 도나였다.

"아줌마!"

도나가 채찍을 휘두르자 얀군도 질 수 없다는 듯이 새총의 시위를 당겼다. 몰은 왼손으로 재빨리 도나의 채찍을 움켜잡았지만 연이어 날아든 얀군의 몽돌에 한쪽 눈을 강타당하고 말았다.

"으악! 내 눈!"

휘우뚱, 몰의 몸이 중심을 잃었다. 워낙 균형이 안 맞는 몸이다 보니 유독 크게 휘청거렸다. 몰이 긴 팔과 긴 다리를 휘저으며 이리 기우뚱, 저리 기우뚱하는 사이 이기가 보드를 박차고 나아갔다.

"엄마!"

이기는 엄마를 향해 달리며 몰의 상태를 확인했다. 방심한 몰의 손가락 힘이 스르르 풀리는 듯했다. 몰은 왼쪽 다리로 간신히 중심을 잡고 있었다.

이기는 몰의 손아귀에서 벗어나 추락하는 엄마의 몸을 받아 안고 보드로 원을 그리며 달렸다. 부드러운 곡선의 끝, 몰의 뒤편에 엄마를 내려놓은 이기는 바로 도나를 향해 외쳤다.

"왼쪽이야, 도나! 왼쪽을 노려!"

이기의 말이 끝나기 무섭게 도나가 채찍을 휘둘렀고, 곧 채찍의 가죽끈이 몰의 왼쪽 정강이를 파고들 듯이 칭칭 감아 들었다.
"으헉!"
도나가 팔을 높이 치켜들어 채찍을 잡아당기자 몰의 다리에서 삐거덕, 요란한 소리가 나더니 몇 초 지나지 않아 몰이 균형을 잃고 무너져 내렸다. 엉덩방아를 찧으며 자빠진 몰이 이기의 발치에서 꽥꽥 소리를 질러 댔다. 어딘가에 부딪혔는지 한쪽 눈에선 피가 철철 흘러내리고 있었다.
"다들 뭐 하고 있어? 공격해! 공격하라고!"
나머지 형제들은 그제야 정신을 차린 듯 눈을 끔뻑거리며 자세를 정비했다. 아마 그들은 몰 혼자서도 이기 일행을 너끈히 물리칠 수 있을 거라고 생각한 듯했다.
"흥, 우리를 만만히 봤다가는 큰코다칠 거야."
도나가 암팡지게 쏘아붙였다. 몰은 무너진 몸을 일으키려 안간힘을 썼지만 뜻대로 되지 않아 성이 잔뜩 난 상태였다. 그만둬, 몰. 이제 넌 우릴 상대할 수 없어. 이기는 움직이려 애쓸수록 사지 관절에서 버걱버걱, 이상한 소리만 나는 몰을 맞서 싸울 대상에서 조용히 제외했다.
몰은 계속 악을 써 댔다.
"다 쓸어버려! 절대 봐줄 생각하지 말고 깡그리 쓸어버려!"

천천히 그리고 위압적으로, 테의 형제들이 이기 일행을 에워쌌다. 이기는 엄마를 부축하며 힐끗 테의 동태를 살폈다. 몰의 패배에도 불구하고, 테는 여유만만한 태도로 일관했다.

"내가 더 있을 필요가 없겠군."

힘을 합쳐 달려들 태세를 갖추는 형제들을 본 테가 흡족해하며 말했다. 눈을 내려다보며 입맛을 다시는 표정을 보건대, 귀찮은 뒤처리는 형제들에게 맡기곤 얼른 눈을 데리고 요새로 돌아가 달콤한 무통의 시간을 오롯이 즐기고 싶어 하는 듯했다.

"한 놈도 살려 두지 마라. 명한 일을 끝내지 못하면 요새로 돌아올 필요도 없어."

테는 자신의 형제들에게 단단히 으름장을 놓고는 태연하게 몸을 돌렸다. 도나가 안타까운 목소리로 눈의 이름을 불렀다.

"눈…!"

테의 품 안에서 발버둥 치던 눈이 이기 일행을 향해 힘 풀린 팔을 뻗었다. 그 모습을 본 엄마는 눈물을 삼키느라 눈의 이름도 한번 불러 보지 못했다.

이기가 소리쳤다.

"버텨야 해, 눈! 어떻게든 버텨!"

만약 눈이 어떻게든 버텨 낸다면. 만약 내가 어떻게든 살아남는다면.

"그럼 내가 꼭…!"

울컥 이상한 감정이 치밀어 올랐다. 어쩌면 테의 어깨 위로 빼꼼히 얼굴을 내밀고 울지 않으려 애쓰는 눈을 보았기 때문일지도 모른다. 지칠 대로 지치고, 무서워서 죽을 것 같아도 눈물만큼은 꾹 참는 아이. 눈은 처음 만난 날과 똑같은 얼굴을 하고 있었다. 그 얼굴을 다시 대한 순간 이기는 깨달았다. 이제 결코 그 얼굴을 외면할 수 없으리라는 것을.

이기는 말해야 했다. 더 이상 미룰 수 없는 약속을 눈에게 보내야 했다.

"…내가 꼭 데리러 갈게!"

어떻게든 눈을 다시 데려올 거야. 어떻게든. 이기의 머릿속에 다시 수많은 생각이 떠올랐다. 하지만 이번엔 이 생각들이 싫지 않았다. 꼭 살아남아 눈을 데려오겠노라 다짐하는 스스로가 밉지도 않았다. 후회에서 비롯한 가정이 아닌 간절한 바람을 품은 가정. 이기는 그제야 자신을 앞으로 나아가게 하는 힘이 무엇인지 깨달았다. 이기의 보드를 끝없이 앞으로 밀어 주는 힘. 그건 바로 희망과 가능성을 실은 바람이었다.

이기는 울먹거리는 도나를 향해 말했다.

"울지 마, 도나. 반드시 눈을 구해 낼 거니까."

장담할 수 없는 일을 약속하는 것. 그건 이기가 무척 싫어하는 행동이었다. 하지만 이기는 이제 지키기 어려운 약속이 품은 간절함을 이해할 수 있었다. 그 간절함만큼은 필시 눈에게 가닿으리라는 것도. 내 간절함이 눈을 버티게 할 거야. 내 간절함이 도나의 울음을 멈추게 할 거야. 한 사람의 간절함은 돌고 돌아 끝내 이루어지고야 마는 약속이 될 것이다.

"그래. 근데 그러려면 우리가 먼저 살아야 해. 그러니까 그만 울어. 뚝!"

사방을 경계하던 얀군도 도나를 다독이며 말했다. 테와 몰을 제외하고 이제 일곱. 한 사람이 두세 명을 상대해야 하는 상황. 이기는 바짝 긴장했다. 훌쩍이는 도나에게서도, 그런 도나를 힐끔거리는 얀군에게서도 전에 느끼지 못한 긴장감이 뿜어져 나왔다. 이기 일행은 조금씩 서로를 향해 다가가며 거리를 좁혔다. 그리고 자연스럽게 엄마를 중심으로 자리 잡았다. 엄마가 아무리 강하다 해도 지금은 엄마를 지켜 주어야 한다. 이기는 도나 그리고 얀군과 눈빛을 교환했다. 다들 말하지 않아도 다 안다는 듯한 얼굴을 하고 있었다. 다행이다. 나만 그렇게 생각하는 게 아니었어. 모두 그렇게 생각하고 있구나.

그런데 그때, 갑자기 엄마가 이상한 말을 했다.

"다들 장하다. 역시 장해. 우 씨와 내 생각이 틀리지 않았어. 너희는 섬 밖에서도 씩씩하게 살아갈 수 있을 거야."

"그게 무슨 말이에요, 아줌마?"

도나가 고개를 갸우뚱하며 물었다. 하지만 엄마는 저 멀리 먼지바람이 이는 지평선을 바라보며 희미한 미소만 지을 뿐이었다. 침묵의 빈자리를 대신 채운 것은 뜻밖에도 터의 목소리였다.

"감히 누가…."

테가 다시 몸을 돌리며 황당하다는 듯이 증얼거렸다.

마지막 인사

"우 씨 아저씨야! 우 씨 아저씨!"

도나가 멀리서 돌진해 오는 테의 지프를 가리켰다. 이보다 더 반가운 등장이 있을까. 이기는 테의 지프를 노려야 한다던 아저씨의 말을 떠올렸다. 아저씨 말이 맞아. 이제 다른 방법은 없어. 테의 지프를 타고 항구로 가야 해. 하지만 항구에 도착한 다음엔 어떡하지?

그때 엄마가 이기의 팔을 잡으며 말했다.

"이기, 지금부터 엄마가 하는 말 잘 들어."

엄마의 표정은 그 어느 때보다 진지했다.

"우 씨와 나는 꽤 오래전부터 이런 날이 올 거라 생각하고 있었단다."

"눈이 섬에 올 거라고, 좀비들이 섬을 쑥대밭으로 만들 거라고 다 예상하셨다는 거예요, 아줌마?"

도나가 끼어들자 엄마가 낮은 한숨을 내쉬며 고개를 저었다.

"아니, 그걸 다 알았을 리가 없잖니. 다만 우리는 언젠가 너희가 이 섬을 떠날 날이 올 거라고 생각했을 뿐이야. 그래서 계획을 세웠지. 기회를 봐서 몰래 운전을 가르치고, 배를 모는 법을 알려주려고 했어. 열다섯 살이 되면 시작하기로 했지."

그래서 그랬구나. 우 씨 아저씨가 배에 대해 이것저것 말해 줄 때마다 아저씨가 배 관리하는 일을 물려주고 싶은가 보다고만 생각했는데…. 좀비몰이꾼을 천직이라 여긴 이기는 아저씨의 가르침에 크게 관심을 기울인 적이 없었다.

"그런데 갑자기 이 모든 일이 일어난 거야. 눈이 나타나고, 좀비들이 미쳐 날뛰고, 이기 네가 테의 요새로 끌려가고…. 정말이지, 도나에게서 그 소식을 들었을 때 난…."

엄마의 표정이 어두워졌다. 이기가 잡혀갔다는 말을 들었을 때 엄마가 느꼈을 아득한 공포가 고스란히 이기에게로 전해져 왔다. 엄마는 마음을 진정시키려는 듯 한 손으로 명치를 지그시 누르며 말을 이었다.

"무서웠어. 너무 무서웠지. 하지만 그 덕에 너희가 이 섬을 떠나야 한다는 생각을 더욱 굳히게 된 거야. 떠나야 해. 이 섬은 더 이상 너희가 있을 곳이 아니야."

탈출할 방법만 있다면 어떻게든 섬을 벗어나는 것만이 살길일 터였다. 하지만 어째서인지 쉬이 엄마 말에 고개를 끄덕일 수가 없었다. 엄마는 왜 자꾸 '너희'라고 말하는 걸까. 설마….

엄마의 입에서 어떤 대답이 나올지 몰라 섣불리 묻지 못하는 이기를 대신하여, 도나가 나섰다.

"다 함께 떠나는 거죠? 우 씨 아저씨랑 아줌마도?"

엄마의 눈빛이 흔들렸다. 그리고 그 순간, 엄마의 몸도 동시에 흔들렸다. 탕! 우 씨 아저씨를 겨눈 총탄의 굉음이 사위를 뒤흔든 탓이었다.

"빗나갔어! 빗나갔어!"

눈을 가늘게 뜬 도나가 저편을 응시하며 가슴을 쓸어내렸다. 아저씨가 모는 지프는 조금의 타격도 받지 않은 듯 여전히 맹렬하게 이기 일행을 향해 돌진하고 있었다.

"감히…."

테의 총구에서 연기가 피어올랐다. 눈이 콜록콜록 기침을 했다. 비토 테의 굵은 팔과 가슴 사이에 몸통이 낀, 애처롭기 그지없는 상태였지만 눈은 앙칼지고 다부진 눈빛으로 테를 노려보고 있었다. 눈의 눈빛이 형형히 살아 있다는 건 좋은 징조였다. 포기하지 않고 언제든 탈출할 기회를 엿보고 있다는 뜻이니까. 이기는 틈나는 대로 성질을 부리듯 발버둥 쳐 대는 눈과 조용히 시선을 교환했다. 조금만 참아, 눈. 분명 기회가 올 거야, 곧.

"네놈이, 감히…."

테는 이를 바드득 갈며 다시 총을 장전했다. 지프는 테의 상징과도 같았다. 오직 테만이 몰 수 있는 차. 우 씨 아저씨가 테의 지프를 몰고 무엇을 하려는지 테도 모르지 않을 것이다. 바로 그 점이 테를 더욱더 분노케 하는 것처럼 보였다.

"감히 나의 상징을 훔쳐서, 감히 내 손아귀를 벗어나려고 하다니! 도저히 자비를 베풀 수가 없구나."

테의 눈동자에 푸른 불꽃이 일었다.

"이미 죽을 각오는 했겠지만… 편히 눈감을 생각은 버리는 게 좋을 거다."

이윽고 테의 총구에서 번쩍 불꽃이 일었다. 연이은 굉음에 괴로운 듯 눈이 양손을 들어 귀를 막았다. 이기는 급히 테의 어깨 너머, 매캐한 연기 사이를 가로지르는 아저씨의 모습을 눈으로 좇았다. 지프가 급격히 방향을 틀고 불안정하게 움직였다. 아저씨는 한 손으로 핸들을 잡고 고통스러운 표정을 짓고 있었다.

"아, 안 돼…."

선명한 붉은색. 아저씨의 어깨에서 피가 흐르고 있었다. 테는 태연한 표정으로 어느새 다시 장전한 총을 들어 아저씨를 겨누었다.

"하지 마! 하지 말라고!"

도나가 테를 향해 채찍을 휘둘렀다. 테의 옆구리를 노린 일격이었으나 테는 하루살이를 쫓듯 한 손으로 가볍게 도나의 채찍을 내쳤다.

"어머니!"

보다 못한 얀군이 테를 향해 새총을 겨눴다. 하지만 얀군이 야심 차게 날린 몽돌은 그 옹골짐이 무색하게 테의 몸에 모래알만 한 타격도 가하지 못하고 튕겨 나올 뿐이었다.

테는 가소롭다는 듯이 코웃음을 치며 말했다.

"성가시고 어리석은 놈들. 내가 우 씨를 죽일까 봐 애가 타느냐. 그렇다면 마음 놓아라. 말했다시피, 그렇게 쉽게 죽도록 놔두지 않을 거니까. 어디 보자…. 이번엔 오른쪽 귀를 날려 주지."

어차피 우린 테의 상대가 안 돼. 이기는 눈의 상태를 살피며 생각했다. 어쩌면 지금이 기회일지도 몰라. 테는 지금 우 씨 아저씨를 조준하느라 정신이 팔렸잖아. 한 손으로 총을 받쳐 드느라 눈을 안은 자세가 어정쩡해 보이기도 하고.

"눈!"

지치지도 않고 끈질기게 버둥거리며 어떻게든 자신과 테의 몸

사이의 공간을 넓히려고 애쓰는 눈을 향해, 이기가 발을 굴렀다. 이기의 몸을 실은 보드가 순식간에 눈의 머리 위로 미끄러지듯 날아갔다.

"내 손을 잡아!"

눈이 이기를 향해 두 팔을 뻗었다. 그 모습이 마치 활짝 핀 여린 꽃처럼 예뻤다. 이기는 꽃잎을 만지듯 조심스럽게, 눈의 팔을 이끌었다. 그러자 거칠고 딱딱하기 그지없는 테의 팔뚝과 몸통 사이로 눈의 몸이 보드랍게 떠올랐다. 이기는 눈을 꼭 안아 들고 보드와 함께 땅에 내려섰다. 누구라도 감탄할 법한, 우아하고 가벼운 탈출의 몸짓이었다.

"너…!"

당황한 테가 곧장 자세를 바꿔 이기에게 총구를 겨누는 순간, 눈이 온몸으로 이기의 몸을 감쌌다. 이기의 얼굴을, 이기의 목을, 이기의 가슴을 자그마한 온기로 덮어 냈다. 이기는 자신에게 매달린, 이 작은 존재의 떨림을 느끼며 이제 모든 것이 달라졌다는 사실을 기꺼이 인정했다. 너를 구한 날, 나는 내가 너의 운명을 만들어 줬다고 생각했지. 하지만 이젠 알아. 네가 내 운명을 바꿨다는 것을.

"내가 쏘지 못할 것 같으냐."

테가 이기의 발치를 향해 총을 쏘며 겁박했다. 하지만 이기는 조금도 겁먹지 않았다. 테는 결코 눈을 해치지 못할 것이다. 눈이 아니라, 날 죽이고 싶겠지. 이기는 이글거리는 테의 눈빛을 마주하며 생각했다. 그게 바로 내가 노리는 거야.

"어서 그 진멸인을 보내!"

테가 다시 흙바닥에 총을 쏘며 인상을 찌푸렸다. 순식간에 달라진 안색을 보건대 통증이 다시 도진 게 분명했다. 달콤한 진통의 효과를 누려 보았으니 다시금 찾아온 통증의 강도가 전보다 약하게 느껴질 리 없었다. 이기는 냉큼 눈을 등에 업고 보드를 굴렸다.

"어림도 없는 소리!"

당황하고, 아파하고… 날 죽이고 싶어 안달복달하라고! 그게 바로 내가 원하는 거야! 테는 이기의 움직임을 쫓아 허겁지겁 몸을 돌렸다. 이기가 보드를 자유자재로 움직이자 좀처럼 방향을 잡지 못하던 테가 총구를 이리저리 겨누며 소리쳤다.

"네까짓 것들이 감히! 버러지 같은 것들이!"

테, 당신은 그 오만함 때문에 자멸하고 말 거야. 의심과 경계로 이루어진 권력. 너무도 견고해 보이고, 너무나 강해 보이던 권력이지만…. 지금 이기의 눈엔 그 권력의 말로가 선명히 보였다. 주민들과 좀비들을 몰살하고도 권력을 유지할 수 있을 거라 생각하고, 적맥인병에 걸린 사실을 정적에게 들키고도 무사할 줄로 믿는 그 오만함이 테를 무너지게 하리라. 아, 그리고….

"헉!"

아무도 건드리지 못할 거라 자신하며 키를 꽂아 둔 채 지프를 세워 두는 어리석음도, 자신을 향해 맹렬히 달려드는 지프의 기세를, 그 지프를 모는 우 씨 아저씨의 기세를 무시한 오만함도 한몫했지. 당신은 그에게서 등을 돌리지 말아야 했어. 한시도 눈을 떼지 말아야 했어.

이기는 우 씨 아저씨와 눈을 마주치며 안도의 한숨을 내뱉었다. 테를 들이받은 흥분이 가시지 않은 듯, 부르릉부르릉 지프가 들썩였다. 지프에 부딪혀 다리가 꺾인 테는 무릎이 땅에 박힌 듯 넘어진 채 거친 숨소리만 내뿜고 있었다.

아저씨가 다급히 소리쳤다.

"어서 타, 다들!"

이기는 엄마와 눈을 앞세워 지프로 향했다. 도나와 얀군도 재빨리 지프 양쪽에 매달렸다. 엄마는 뒷좌석에 타자마자 몸에 두르고 있던 숄을 찢어 우 씨 아저씨의 어깨에 둘둘 감았다. 여러 번 감았는데도 숄에 피가 배어났다.

"이제 어디로 가요?"

조수석에 앉은 이기가 곧장 지프를 출발한 우 씨 아저씨를 향해 물었다. 뚝뚝. 아저씨의 광대뼈 위로 빗방울이 조금씩 떨어졌다. 눈의 움직임을 감각하고 뒤쫓아 오는 좀비들의 머리 위에도 오전의 황금빛 햇살 대신 회청색 구름 그림자가 드리워져 있었다. 변덕스러운 섬의 날씨가 또 한 번 제 성질을 한바탕 풀어놓을 듯한 기운이 느껴졌다.

"오아나의 해변으로 간다."

오아나의 해변이라는 말을 들은 눈이 벌떡 자리에서 일어섰다.

"눈! 위험하니까 아줌마 붙잡고 딱 앉아 있어."

엄마가 다급히 눈의 팔을 끌어 자리에 앉혔지만 눈의 흥분은 좀처럼 가라앉지 않았다.

"오아나의 해변을 알아, 눈?"

이기가 묻자 눈이 힘차게 고개를 끄덕였다.

"혹시 거기서 살았어?"

단호하게 고개를 젓는 눈의 모습을 백미러로 확인한 우 씨 아저씨가 말을 보탰다.

"그럴 리 없을 거다. 오아나의 해변엔 진멸인이 없어."

"그럼 왜 이러지? 뭔가 반가워하는 것처럼 보이는데…."

지프 문짝에 매달린 도나가 몸을 숙여 눈의 얼굴을 들여다보며 고개를 갸웃거렸다.

"이기! 명심해야 해. 뭍에 가서 잠시라도 쉴 수 있는 곳은 그

근방에 오아나의 해변밖에 없어. 거기가 첫 번째 목적지다. 하지만 기운을 차리는 대로 떠나야 해. 너희가 진짜로 가야 할 곳은…."

"잠깐만요, 아저씨. 아저씨는 안 가요?"

이기가 떨리는 목소리로 물었다. 우 씨 아저씨는 선뜻 대답하지 못했다. 이기는 엄마를 향해 돌아보며 다시 물었다.

"엄마, 우리 다 같이 가는 거 아니야?"

"이기…."

엄마가 이기의 손을 꼭 잡으며 말을 이었다.

"우리는 남을 거야. 우 씨와 나는 이 섬에 남기로 했어."

"말도 안 돼요, 아줌마! 여기 남았다가는… 테가 죽은 것도 아닌데…. 너무 위험하잖아요!"

도나가 울먹였다.

"걱정 마. 아줌마 어떻게 안 돼. 우 씨랑 나, 서로 지켜 줄 거야. 별일 없을 거라고."

"어떻게 걱정을 안 해? 어떻게 아무 일도 없을 거라고 장담할 수 있어? 어떻게 그렇게 다 잘될 거라고 생각할 수 있냐고! 말이 안 되잖아, 말이! 왜 우리랑 같이 안 간다는 거야?"

이기가 소리쳤다.

"이기! 이기! 엄마 말 잘 들어. 엄마는 너희와 함께 갈 수 없어.

내 병은 이미 많이 악화됐어. 지금도 움직이기 벅찬데, 아마 좀 있으면 한 걸음 걷기도 힘든 지경이 될 거야. 이런 몸으론 너희에게 보탬이 되기는커녕….”

"왜 갑자기 약한 소리 하고 그래! 평소엔 센 척 잘만 하더니! 싫어… 싫다고…. 엄마가 안 가면 나도 안 가!"

이기가 떼를 쓰듯 엄마에게 매달렸다. 생떼를 써서라도 엄마의 마음을 돌리고 싶었다. 하지만 엄마는 그 어느 때보다 단호해 보였다. 늘 옅게 어려 있던 장난기 밴 미소도, 쉬이 부서질 듯 아련히 반짝이는 눈빛도 보이지 않는 얼굴이었다.

"이기, 넌 오늘 이 섬을 떠날 거야. 네 힘으로 바다를 건널 거야. 더 넓은 세상으로 가서 자유를 찾을 거야."

엄마가 이기의 얼굴을 힘주어 쓰다듬으며 말했다. 이기는 엄마의 말을 이해할 수 없었다. 자유라니. 그 어떤 자유가 엄마보다 더 소중할 수 있단 말인가?

"하지만 아줌마, 아줌마가 없으면 눈은 어떡해요? 좀비들이 다 눈에게 덤벼들 텐데…."

"오아나의 해변엔 좀비들이 없다."

도나의 질문에 우 씨 아저씨가 대답하며 핸들을 꺾었다. 이기 일행이 탄 지프가 어느새 항구에 다다랐다. 잿빛 구름으로 뒤덮인 바다 위로 굵은 빗방울이 떨어져 내렸다. 이런 날씨엔 우 씨 아저씨도 배를 몰지 않는다. 이기는 혼란스러움과 수심이 가득한 얼굴로 바다를 바라보았다. 한 번도 배를 몰아 본 적 없는 내가 비바람을 뚫고 뭍까지 갈 수 있을까? 엄마는 정말로, 내가 바다를 건널 수 있으리라고 믿는 걸까?

"그럼 그곳엔 적맥인만 사는 거예요?"

"그래. 그러니까 눈도 적맥인인 척하는 편이 좋을 거다. 어깨와 팔뚝을 내보이지 않도록 해. 조심해서 나쁠 건 없으니까."

우 씨 아저씨가 차를 멈추자, 뒷자리에서 눈의 옷매무새를 매만져 주던 엄마가 눈을 와락 껴안으며 말했다.

"뭍에 가서 꼭 엄마를 찾아. 그때까지 이기가 지켜 줄 거야."

"눈! 뭍에 엄마가 있어? 혹시 오아나의 해변에 엄마가 계시는 거야?"

도나의 질문에 눈은 가만히 고개를 끄덕였다.

"그랬구나…. 걱정 마, 눈. 우리가 꼭 엄마를 만나게 해 줄게."

도나가 안쓰러운 표정으로 눈의 머리를 쓰다듬었다. 예전 같으면 이기는 도나의 그런 호언장담을 무척 못마땅하게 여겼을 것이다. 하지만 이젠 전과 같은 마음을 가질 수 없었다. 약속이 지닌 힘을 알기에. 지킬 수 없는 약속인지 아닌지는 끝까지 가 봐야 알 수 있다는 걸 알기에.

"이기, 넌 나를 따라와라."

우 씨 아저씨가 모자를 고쳐 쓰며 차에서 내렸다. 점점 더 거세게 불어오는 바람이 아저씨의 모자를 이리저리 뒤흔들었다. 이기는 아저씨를 따라 배에 올랐다. 배를 몰아 본 적은 없지만 조타실에는 몇 번 들어가 본 적이 있었다.

컨트롤러 앞에 선 아저씨가 기어 레버를 변환하며 말했다.

"악천후에는 어떻게 운항해야 한다고 했지?"

"파도를 비스듬하게 받아야 해요."

이기가 기억을 더듬으며 말했다. 아저씨는 고개를 끄덕이곤 이기를 잡아끌어 컨트롤러 앞에 세웠다.

"그래. 파도를 정면으로 들이받지 않도록 조심해라. 파도와 맞서면 안 돼."

아저씨가 이기의 양손을 타륜 위로 옮기며 나침의를 가리켰다.

"무조건 서쪽으로 간다."

"하지만…."

핸들을 잡고 선 이기의 눈앞에 망망대해가 펼쳐졌다. 회청색의 너울거리는 파도. 언제라도 흉포한 검은 짐승이 되어 이기를 집어삼킬 수 있는 바다. 이기의 손이 덜덜 떨렸다.

"전… 못 할 거 같아요."

"이기, 이기! 나를 봐."

아저씨가 이기를 돌려세운 뒤 이기의 눈을 직시했다.

"할 수 있다는 생각만 해라. 막다른 길에 다다랐을 땐 할 수 있다는 생각, 그거 하나만 하는 거야. 그것만이 살길이야. 알겠니?"

이기의 어깨를 잡은 아저씨의 손힘이 어찌나 세던지, 이기는 얼떨결에 고개를 끄덕이고 말았다.

"이령이 말하는 자유를… 나는 잘 몰라. 하지만 이곳에 남으면 죽은 목숨이라는 것쯤은 안다. 그러니 이령의 뜻대로 이 섬을 떠나라. 살아남는 것만 생각해."

"그치만 엄마는…."

이기가 와락 울음을 터뜨렸다.

"엄마는… 흑흑…."

아저씨는 아무 말 없이 이기를 꽉 안아 주었다. 아저씨가 이기를 안아 준 건 이번이 처음이었다. 이기는 아저씨의 큰 품을 떠나고 싶지 않았다. 많은 것을 알려 주고, 만들어 주고, 언제나 이기를 지켜 주던 아저씨의 곁을 떠나고 싶지 않았다. 하지만 이 포옹이 아저씨가 건네는 마지막 인사임을 이기는 모르지 않았다.

"꼭… 무사하셔야 해요…. 흑… 엄마를 지켜 주세요…."

아저씨는 말없이 이기의 등을 토닥여 주었다. 그때 밖에서 도나의 외침이 들려왔다.

"이기! 이기! 테가 오고 있어! 테의 무리가 오고 있어!"

이기와 아저씨는 서둘러 갑판으로 나갔다. 저 멀리 테의 일행을 실은 트럭이 맹렬한 속도로 항구를 향해 들이닥치고 있었다. 도나가 눈의 몸을 들어 올리며 소리쳤다.

"어서 떠나야 해!"

눈과 도나가 배에 오르는 동안 부두에 내려선 아저씨는 배를 묶어 놓은 계류 줄을 풀어냈다. 줄이 풀리면 다시는 못 돌아올지도 몰라. 이제 진짜로 떠나야 한다고 생각하자 심장이 덜컹 내려앉는 듯했다. 이기는 빗물과 눈물로 범벅이 된 얼굴을 한 채 엄마를 바라보았다. 부둣가에 오뚝이 선 엄마도 이기와 똑같은 얼굴을 하고 있었다.

"얀군! 빨리 안 타고 뭐 해?"

도나가 엄마 옆에 우두커니 서 있는 얀군을 향해 외쳤다.

"난 안 가, 도나."

얀군이 손을 흔들며 말했다.

"무슨 소리야? 여기 남겠다고? 말도 안 돼! 테가 널 가만 놔둘 리 없잖아!"

"내가 테의 양자가 되길 자처한 건 이 섬에서 끝장을 보기 위해서였어. 도망갈 생각을 했으면 벌써 도망갔지."

태연한 척 어깨를 으쓱해 보였지만 얀군의 말투에선 감출 수 없는 비장함이 묻어났다.

"끝장 보려다 끝장나는 거야, 이 멍청아!"

도나의 울먹임이 항구를 가득 채웠다.

"누가 끝장나는지는 끝까지 가 봐야 아는 거야. 아무튼 어르신들은 걱정하지 말라고. 내가 잘 챙겨 드릴 테니까."

빗줄기 사이로 얀군의 얼굴이 흐려졌다. 희미하게나마 웃고 있는 것 같았다.

"이기! 이제 출발해야 한다."

아저씨의 엄한 목소리가 울려 퍼졌다.

"엄마…!"

엄마의 등 뒤로 항구에 다다른 트럭의 불빛이 번쩍였다.

"어서 가, 이기! 어서!"

엄마의 간절한 외침에 이기는 주먹을 질끈 쥐고 뒤돌아섰다. 이기는 조타실의 핸들을 뚫어져라 노려보았다. 할 수 있다. 할 수 있어. 엄마의 곁을 떠날 수 있고, 거친 파도를 넘어 뭍으로 갈 수 있고, 오아나의 해변에서 눈의 엄마를 찾아 줄 수 있고, 자유를… 그 빌어먹을 자유를 얻을 수 있어. 할 수 있다는 희망적인 말을 되뇌는데도 이렇게 심장이 갈기갈기 찢기는 듯 아프기는 처음이었다.

이기는 무거운 걸음을 옮겨 핸들 앞에 섰다. 도나와 눈이 숨을 죽이고 조타실에 들어섰다.

"출발할게."

넘실대는 파도를 타고 배가 앞으로 나아갔다.

그리고 그 순간, 항구에서 총성이 울려 퍼졌다.

〈1권 끝〉

작가의 말

　『좀비몰이꾼 이기 1: 테의 섬을 탈출하라』를 《고교독서평설》에 연재하는 동안 저는 매주 주말마다 광화문에서 시간을 보내곤 했습니다. 딱히 특별한 목적이 있었던 머무름이 아니었기에 그저 발길이 머무는 대로 경복궁에 가기도 하고 교보문고에 가기도 하고 씨네큐브에서 영화를 골라 보기도 하고 단골 카페와 맛집을 점찍어 두기도 하고 각종 전시를 구경 다니기도 했습니다. 약 1년 정도를 꼬박 그리 보내고 나니 이 생활에 특별한 목적은 없었을지언정 분명 특별한 경험은 되었으리라는 생각이 들더군요. 그건 바로 광화문의 중심인 '광장' 때문이었어요.
　광장에는 항상 다양한 사람들이 있었습니다. 평소에는 잘 접하지 못했던 다양한 목소리들이 있었고요. 카메라를 든 사람, 팻말을 든 사람, 마이크를 든 사람. 가끔은 아무것도 들지 않은 채로 허공에 대고 소리치는 사람도 있었습니다. 저는 지방 출신인지라 그전에도 광화문 광장의 풍경은 저에게 늘 새로운 느낌으로 다가오곤 했지만, 광장의 사계절을 느끼고 나니 그저 가끔 광장을 오가던 때와 비교해서 사뭇 다른 감상이 들더라고요.

광장의 한복판에서 저는 제가 어떨 때 인상을 찌푸리는지 어떨 때 미소를 짓는지 어떨 때 호기심을 보이는지 좀 더 확실히 알게 되었습니다. 물론 어떤 것은 여전히 알 수 없는 채로 남아 있습니다. 그래도 그렇게 알게 된 작은 믿음 같은 것들이 다음에 이어질 『좀비몰이꾼 이기 2: 하계의 기지로 가는 길』에 녹아들어 있다고 생각합니다. 처음부터 의도했던 것은 아닌데, 자연스럽게 그렇게 되어 버렸어요. 연재라는 특성에 기인한 부수적인 효과를 충분히 누린 셈이죠. 솔직히 '그 과정에서 길을 잃지 않아 천만다행이야'라며 남몰래 가슴을 쓸어내리곤 하지만요.

그런데 과연, 길을 잃지 않는 길이라는 게 정말 있을까요. 저는 다양한 사람들의 목소리를 경청하고 그를 통해 나 자신을 알아 가는 것이야말로 길을 잃지 않는 최소한의 방법이라고 생각합니다. 인간은 타인과의 피할 수 없는 만남을 통해서 다듬어지잖아요. 소설의 주인공 이기 역시 제가 그랬듯, 같은 과정을 거칩니다. 이러한 과정에 끝이 있을 리 없으니, 이기의 모험은 계속될 겁니다. 어쩌면 길을 잃지 않는 길은 계속 길을 향해 나아가는 것일는지도 모르겠네요.

  이 소설 또한 수많은 목소리 중 하나의 목소리가 되어 독자님들에게 다가가겠죠. 마땅히 그래야 하고, 그것만으로도 충분합니다. 때로는 화음처럼 들리기도 하고 때로는 불협화음처럼 들리기도 하는 목소리에 에워싸여 방황하는 건 아마도 우리의 숙명일 테니까요. 모쪼록 여러 목소리 속에서 방황하는 시간을 귀한 모험이라 여기셨으면 좋겠습니다. 2권에서 만나요.

2025년 여름의 초입에서,
허진희

북트리거 일반 도서

북트리거 청소년 도서

좀비몰이꾼 이기 1
테의 섬을 탈출하라

1판 1쇄 발행일 2025년 7월 7일

지은이 허진희
펴낸이 권준구 | 펴낸곳 (주)지학사
편집장 김지영 | 편집 공승현 명준성 원동민 | 책임편집 공승현
표지 디자인 정은경디자인 | 본문 디자인 이혜리 | 일러스트 쩡찌
마케팅 송성만 손정빈 윤술옥 이채영 | 제작 김현정 이진형 강석준 오지형
등록 2017년 2월 9일(제2017-000034호) | 주소 서울시 마포구 신촌로6길 5
전화 02.330.5265 | 팩스 02.3141.4488 | 이메일 booktrigger@naver.com
홈페이지 www.jihak.co.kr/book-trigger | 블로그 blog.naver.com/booktrigger
페이스북 www.facebook.com/booktrigger | 인스타그램 @booktrigger

ISBN 979-11-93378-43-4 43810

* 책값은 뒤표지에 표기되어 있습니다.
* 잘못된 책은 구입하신 곳에서 바꿔 드립니다.
* 이 책의 전부 또는 일부 내용을 재사용하려면 반드시 저작권자의 사전 동의를 받아야 합니다.

북트리거
트리거(trigger)는 '방아쇠, 계기, 유인, 자극'을 뜻합니다.
북트리거는 나와 사물, 이웃과 세상을 바라보는 시선에 신선한 자극을 주는 책을 펴냅니다.